UFOからの黙示録

稀有で劇的なＵＦＯを目撃した著者が描く現代の神話

安達勝彦

たま出版

●登場人物表

東野明歩（ひがしの　あきふ）……この物語の主人公。時遠玄斎と会うために十数年ぶりに故郷の町・夢門《ゆめかど》に帰郷。UFO目撃体験者

時遠玄斎（ときとお　げんさい）…UFO研究団体〈宙《そら》の会〉の会長

弥富　繁（やとみ　しげる）………明歩の中学時代の親友。不動産関連会社勤務

鳴海真希（なるみ　まき）…………明歩のかつての恋人。中学時代のクラスメート

泊　龍成（とまり　りゅうせい）…夢門病院のオーナー・理事長

吉川トミ（よしかわ　とみ）………明歩の下宿先の家主。弥富の遠縁

時遠幸絵（ときとお　ゆきえ）……時遠玄斎の妻

時遠　哲（ときとお　てつ）………時遠玄斎の兄

宮前吾郎（みやまえ　ごろう）……時遠玄斎の一番弟子。〈宙の会〉の次期会長候補

羽追（はおい）………………………謎の黒服サングラス男

羽追の専属運転手……………………黒服を着て黒塗りの車を運転

林田（はやしだ）師長………………夢門病院の看護師長

室岡（むろおか）……………………夢門病院の職員

皆渡義信（かいと　よしのぶ）……夢門病院に入院中の患者。紺と白の縞のパジャマを着た男

皆渡千歳（かいと　ちとせ）………皆渡義信の娘

古木（ふるき）………………………〈宙の会〉の会員。宮前とは昵懇《じっこん》の間柄

山石（やまいし）……………………

北村秀樹（きたむら　ひでき）……大都《だいと》宇宙科学研究所勤務

吉川秀樹（よしかわ　ひでき）……吉川トミの亡くなった息子

1

十数年ぶりにこの故郷の町へ足を踏みいれて最初に感じたのは、ずいぶん変わったなということだった。

しかしどこが変わったのかとなると、それがはっきりしない。

目の前にひろがる光景――平べったい構えの私鉄ターミナルの駅舎と、その階上に浮かびあがっているプラットホーム。ロータリーにそって並ぶ各方面行きのバス停。バス停の背後にはレンガ造りの銀行が威厳をそなえて建っている。その横で郵便局がひっそりとした佇《たたず》まいを見せ、それから、食堂街や各種の商店が入ったビルが建ち、さらにまた雑居ビルが並ぶ。バス停の向かい側には瀟洒《しょうしゃ》な造りのレストラン、鳥をかたどった鋳鉄《ちゅうてつ》の飾りを掲げた喫茶店があり、隣にコンビニが控えている。その先に派手な看板や幟《のぼり》を掲げた商店街のアーケードが見える――これらは当時とほとんど変わってはいない。

レストランと喫茶店の向こうに見える大型のショッピングモールらしい建物は以前になかった

ものだ。しかしこれくらいでどうしてずいぶん変わった、という印象をもったのだろうかとふしぎに思った。

東野明歩《ひがしのあきふ》は、なおもその場に立ってあたりを眺めていた。ふいに頭のなかが煮えたつようにぐらぐらした。よろめきそうになり足を踏みしめたくらいだった。つづいて得体《えたい》のしれないものが胸へつきあがってきて、動悸がした。吐き気がし、目の前がゆらいでいる。頭をふって目をこらした。ゆらめきは去り、動悸、吐き気はおさまって目の前にはもとの町並みがひろがっている。

明歩は気づいた。

久しぶりにこの夢門《ゆめかど》の町を見て変わったと感じたのは、景観のことではなく、この町にたちこめているなにか異様なもの、不気味な気配のことだといったほうがふさわしいのかもしれない、ということだった。

明歩は、ボストンバッグを握りなおして歩きだした。

まばゆい陽光が降りそそいでくる。暑くはない。それでも陽ざしはじりじりと焼け焦《こ》がすように身体《からだ》にまとわりついてくる。見あげると、空は青く透《す》きとおっている。さきほど感じた異様な感覚はない。一陣の風が吹いてきてさわやかさえ感じた。

とつぜん、背中をしたたかに強打されてつんのめった。ふりむくと、振りかぶった鉄棒がなおも明歩に向かって襲いかかろうとしていた。

「やめろ！」明歩は叫んだ。その声で気づいた。明歩が見たものは鉄棒ではなく、電柱から垂れさがった電線だった。明歩は身ぶるいした。確かに背中に痛みが走ったし、この目でさらに打ちかかろうとする鉄棒を見たのだ。明歩はあらためて見直した。やはり鉄棒ではなく電線だった。

そのとき、堰《せき》を切ったように町の騒音がおしよせてきた。自動車《くるま》の走る音、通行人の足音、話し声、音楽、道路工事の音の響き。

明歩は、行き交う人々に目を向けた。雑多な人々がせかせかと、あるいはゆっくりと歩いていた。サラリーマン、買い物客、家族連れ、老夫婦、どこでも見る風景だが、この町ではちがっていた。

どの顔もいちように表情を失い、目をうつろにあけ放ったまま前方を見つめ、手足をぎこちなく動かして、まるで風に吹かれる操り人形か、機械仕掛けのロボットのようだった。

明歩はなんだか黙っていられなくなり、思わずちょっとすみません、と通りがかった中年の婦人に声をかけてみたが、その婦人は、こちらを見向きもせずすれちがっていった。

やはりこの町ではなにか異様なことが起きたのか、あるいはこれから起ころうとしているのかもしれない、と明歩はまた思った。だが、さきほどはただの電線が鉄棒に見え、その鉄棒に打たれて痛みをおぼえたように、自分の錯覚や思いすごしかもしれない。長年大都会で暮らしてきたその感覚で、久しぶりにこの地方の町を眺めたせいかもしれない、そう思うことにした。

ロータリーの中央に立つ時計塔を見ると、時計の針は、午後の二時一〇分前を指《さ》している。そろそろだと思った。明歩は気をとりなおして、鳥の鋳鉄《ちゅうてつ》の飾りをつけた喫茶店へ入っていった。

店のなかはがらんとしていた。客はひとり、初老の男が背を向けて新聞を読んでいるだけだった。明歩は待ちあわせている相手が入ってくればすぐわかるように、入り口に向かった中央あたりの椅子に腰をおろした。

この喫茶店には以前なんどか来たことがあり、そのときとほとんど変わってはいなかったが、いらっしゃいませ、と愛想よく言葉をかけながら近づいてきたウエイトレスは、変わっていたのは当然のことだろう。明歩はコーヒーを注文した。

「しばらくお待ちくださいませ」とていねいに言って、そのピンクの制服を着た若い女性は立去ろうとした。

「ここで、ある人と二時に会うことになってるんだ」と明歩は声をかけてみた。

「そうですか」ウエイトレスはふりかえって微笑を浮かべながら、「それじゃ、その人がいらしたらまた注文をお伺いしますから」と言い終わったときだった。

彼女の様子が一変した。首から頭へかけて痙攣《けいれん》が走ったかと思うと、なにかの力でつき動かされたように顔がひきつり、その顔に頭髪がだらりと垂れさがって、獣《けもの》のようにぎらぎらと光る目が明歩をにらみつけていた。前掛けにかけた手がぶるぶるとふるえている。

明歩は、硬直したまま言葉を失っていた。「いったいどうしたんですか」とかろうじて声をふりしぼった。

「なんでしょうか」ウエイトレスはけろりとして訊《き》きかえした。明歩は目をしばたたいた。彼女はもとのウエイトレスにもどっていた。

「いや、なんでもないんだ」

「それじゃ、しばらくお待ちくださいませ」ともう一度やさしく言うと、彼女は何事もなかったように歩み去っていった。

一瞬の変化《へんげ》だった。自分の目の錯覚か、幻覚だったのだろうと思うことにした。ウエイトレスが置いていったグラスの冷たい水を飲んだ。

待ち人が現れる気配はない。腕時計を見ると、二時二〇分。約束の時刻より二〇分も経過している。時間にかんしてはうるさい人だった。二〇分も遅れるとは考えられない。なにかあったのだろうか。十数年ぶりに明歩をわざわざこの町へ呼び寄せたのだ。なにか大事な話があるにちがいない。なにかの事情で遅れることはあっても必ず来るはずだ。

その大事な話とはいったいどういうことだろう。そのことも気にかかっていた。

入り口に人影が現れて、ドアがひらいた。

明歩はてっきり時遠玄斎《ときとおげんさい》だと思った。だが入ってきた男は、玄斎とはちがってまだ若かった。

男はゆっくりとした足どりで明歩の横を通りすぎていく。

明歩ははっとした。その男は中学時代のクラスメート弥富《やとみ》繁《しげる》だった。男は明歩の視線に気づいて、首をねじ曲げて明歩をかえりみたが、表情を変えることはなく、そのまま歩いて奥のテーブルへ向かった。

弥富ではないのだと明歩は思った。弥富ならすぐ明歩に気づくはずで、素知らぬ顔をしているはずはないのだ。

その男はウエイトレスに注文を告げたあと、所在なげに雑誌をぺらぺらとめくっていた。明歩はもう一度男を見た。確かに弥富だった。以前と比べて少し肉づきはよくなっていたが、前髪を無造作に額にたらし、色白で厚ぼったい顔立ち、濃い眉毛、突き出た口元、出張った下あごは弥富にそっくりだったし、ポロシャツにベージュのブルゾン、紺のスラックスという服装も彼らしかった。

中学時代、孤独がちだった明歩にとって、弥富は唯一の友人といってもよかった。明歩の成績はつねに上位で、弥富は中の下だったが、ふしぎに気があってよく遊んだり、話しあったりしたものだ。高校は別だったが、折にふれて電話しあったり、たまには会ったりした。高校を卒業すると、二人とも就職したが、交際は変わることなくつづいて、一緒に映画を観《み》たり、スポーツ観戦をしながら、職場の不満をぶちまけたりして憂《う》さ晴《ば》らしをした。しかし明歩が上京してからはさすがに疎遠になり、たまに電話で話しあう程度だった。最近ではそれもなくなり、年賀状の交換だけになっていた。それでも弥富が明歩のことを忘れるはずはないのだ。

弥富ではないのだろう。もしかしたら彼の兄か弟かもしれない。それにしては兄弟がいるようなことは聞いたことがなかった。一度声をかけてみようと思ったが、今はそれよりも待ち人のことが気にかかる。時計は二時四〇分を指している。

明歩はコーヒーを飲んだ。ウエイトレスがコーヒーを運んできたときは、にこやかでやさしかった。やはりあのときの豹変ぶりは明歩の錯覚だったのだろう。

そのウエイトレスが、奥の観葉植物の陰から明歩のほうを見ていた。明歩はどきりとした。先ほど一瞬見せた凶暴さはなく、温和な微笑を浮かべていたが、ウエイトレスの目が底意地わるそて女性と思い、その女性がいつまで経っても姿を見せないのをあざ笑っているのだろうか。

彼女の視線があがって明歩の頭上の天井あたりでとまった。明歩もつられて天井を見あげた。バラをかたどったアンティーク調のシャンデリアがやわらかな照明を投げかけているだけだった。そのとたん、シャンデリアが震動した。ひとしきりゆれ動いたあと、とつぜんはち切れるように装飾のガラスが割れ、その大小のガラスの破片が勢いよく明歩の頭上へ降りかかってきた。

明歩は叫び声をあげて飛びのこうとした。

「東野くん、東野くんじゃないですか」という声を聞いた。

弥富が目の前に立っていた。「やっぱり東野くんだ」と弥富は声をはずませた。その顔は先ほどの無表情とはちがって、懐かしそうにいきいきと輝いている。

「ひさしぶりだな、弥富くん」明歩も笑顔で応《こた》えた。「ぼくはキミが入ってきたときからわかってたんだが、キミのほうが……」

「ごめん。ちょっと考えごとをしててな、気がつかなかったんだ」と言いながら弥富は、隣の椅子の上に置いている明歩のバッグを見て、「こんなところでなにやってんだ」と訊《き》いた。

「こんなところって……ここはぼくが生まれ育った町なんだぞ」

「そうだったな。いつ帰ってきたんだ？」

「たった今だよ」明歩は少し迷ったが、思いきって言った。「ここである人と会うことになってるんだ」

「だれと待ちあわせているのか知らないけれど、その人が来るまでちょっといいかい。キミの話を聞きたいんだよ」

弥富は明歩の返事を待つことなく、明歩の向かいの椅子に座りこんだ。

弥富はいくつかの職場を遍歴して、今の不動産関連の会社で働き、最近大がかりな契約を成立させ、その功により特別休暇が与えられて、きょうは妻と買い物に出かけ、妻が自宅へ帰ったあと、これから映画でも観るつもりでこの喫茶店へ立ち寄ったとのことだ。一男一女の父親だという。

「大都会の暮らしはどうなんだ？　どんな仕事をしてるんだ？」弥富はせっかちな様子で訊いた。

「大都会の暮らしや仕事といったって……この町とたいした変わりはないんだが……」なにを言おうかと迷ったが、とっさに頭に浮かんだことを話すことにした。「大都会の人間は目に見えないものに縛られ、おたがい見交わす顔に不安と恐怖を読みとりながら、皆と同じことをやり、同じことをやることで安心してるんだ」

弥富はなにも言わなかった。不服そうに口のなかでぶつぶつと言っただけだった。明歩の返事が抽象的で、弥富の質問の答えにはなっていないと思っているのだろう。

中学時代、明歩があるグループからいじめをうけていたとき、日ごろ温和だった弥富がすごい剣幕《けんまく》でそのグループを撃退してくれたことを思いだし、なにか弥富が喜ぶようなことを話したかったが、そんな話は思いつかなかったし、現在のありのままの状況を言いたくないという気持ちも働いた。弥富の順調な人生の歩みを聞いたあとだけになおさらだった。

明歩は話の矛先《ほこさき》をかえることにした。明歩は言った。「ぼくには気がかりなことがあるんだ」

弥富はふりかえって入り口のほうを見た。明歩が気がかりなことと言ったのは、待ち人が来ないことだと思ったのだろう。

「待ちあわせている人が来ないのも気になるんだが……ぼくが言おうとしてるのは、この夢門の町のことなんだ」

「この町がどうかしたのかい」弥富はぞんざいな口調で言った。

「変なんだ、なんだか様子がおかしいんだ。久しぶりにこの町へ帰ってきて感じたのは、なにかが変わった、なにか異常なことが起きている、そんな気がしてしようがないんだ」

「この町はなにも変わってはいないし、なにも起きてはいない」弥富は無造作《むぞうさ》に言った。「吉畑を知ってるだろ、あいつは自殺した。前島は通り魔殺人にまきこまれて殺され、沖田は失踪し、それから池永は交通事故で重傷を負ったけどな。いずれも最近のことだ」

明歩はあきれた。いま名前があがったのはいずれも中学の同窓生だ。この者たちが自殺したり、殺害されたり、失踪したにもかかわらず、弥富はどうしてなにも変わってはいない、なにも起きていないと言ったのだろう。今のこの発言と、先ほど明歩を見ていながら気づかなかったことを考えると、この弥富も普通ではないのかと思えてくる。

明歩は窓の外へ目をやった。ビルとビルのあいだから小高い丘が見え、その中腹に夢門病院が建っていた。

「あの夢門病院だが……」明歩は窓の外を指さして言った。「泊《とまり》 龍成《りゅうせい》という人があの病院のオーナーになったと聞いたんだが、いまでもそうかい？」

弥富は夢門病院のほうを見ながら、「黒十字か」と顔をしかめて言った。

「黒十字？」

「夢門病院のことだ。あの病院の前にオベリスクのようなものが立っていて、その先端に黒十字のしるしが掲げられていてな、それで赤十字をもじって黒十字とそう呼ばれるようになったんだ」

よく見ると、弥富が言ったように夢門病院のそばにオベリスクによく似た尖塔がそびえ立ち、ここからはよく見えないが、その頂きになにかが掲げられていた。弥富によれば黒十字のしるしだという。明歩がいたころにはなかったものだ。

「あの塔は泊龍成が建てたんだ。泊がオーナーになってから夢門病院も変わったな。泊を知ってるのかい？」

「ちょっとした知り合いでね……この機会に一度会ってみたいと思ってるんだ」

「黒十字には妙な噂がつきまとってる。その割には流行《はや》ってるんだからふしぎなんだな」

弥富はまた窓のほうへ目をやって、苦々《にがにが》しい表情を浮かべた。

明歩はもう一度黒十字と呼ばれる病院を見た。すると霧のような黒い影が垂れさがってきて、病院と尖塔をおおったかと思うと、その影のなかから鳥とも昆虫ともつかない巨大で不気味な生物が現れ、飛んだり跳ねたりした。その目が赤く燃えて町をにらみすえている。

明歩は頭をふって目をそらした。

「遅いじゃないか、おまえが待ってる相手っていうのは」

弥富は店内を見まわしながら言った。時計の針は三時を示している。

「だれなんだ、その人は？」

明歩は答えなかった。

「わかった、鳴海……鳴海真希《なるみまき》さんだろ？」弥富はにやりとして言った。

鳴海真希というのは、中学時代のクラスメートで、一時期明歩が交際した女性だった。

「ちがうんだ」明歩はあわてて手をふって、「キミは知らないと思うけど、時遠玄斎という人なんだ」と思いきって言った。

「時遠玄斎っていうのは、ＵＦＯ研究〈宙《そら》の会〉のリーダーのことかい？」

「よく知ってるじゃないか」

「その時遠玄斎なら、いくら待っても来ないはずだ」弥富は声をたてて笑った。「行方がわからなくなったんだ、昨日」


明歩はこの部屋が気に入った。

夢門の町の中心を離れてここまで来ると、民家はまばらになって木立や田畑がめだち、小さな神社の社殿が木の間隠れに見え、その向こうに青みがかった山並みが横たわっていた。

この部屋におちついてみると、故郷の町へ帰ってきたという実感がわいた。明歩が生まれ育った実家とは逆の方角だったが。その生家も父が死んだあと母は故郷の九州へ帰り、今では人手に渡っていた。

時遠玄斎が失跡した、と弥富から聞いて信じられなかったが、実際に玄斎は約束の場所に姿を見せないのだから本当なのだろうと思った。どうなっているのだろうと思って、時遠家へ電話してみると、時遠夫人は不在で、応対に出た男性が、時遠会長は昨日外出したままなんの連絡もなく行方がわからなくなっていると言った。

なにがあったのかわからないが、いずれ玄斎は帰ってくるだろう、帰ってきたとき会って話を聞くことにしよう、そのあいだビジネスホテルでも泊るつもりだと言うと、それならいいところがあると、弥富が紹介してくれたのがこの家だった。

弥富の遠縁にあたる老婦人が半年ほど前、夫を病気で亡くしてひとりになりさびしがっている、二階の夫の部屋はそのままにしており、そこを使えばよい、老婦人にとって明歩が二階にいるというだけでも心丈夫に思うだろうし、弥富にとっても明歩が婦人の身近にいてくれることで安心だ、もちろん部屋代はいらない、食事は明歩の自由にすればよいと言ってくれたのだ。

明歩にとってホテル代を考えても好都合な話だったが、とりあえずはその家を見せてほしいと言った。

実際この吉川家へ来てみると、郊外の閑静な場所に建つ木造の二階家で、老婦人トミは気さくでひとがよさそうだった。亡き夫が使っていた二階の八畳間はきれいに整頓され、クローゼット、TV、テーブル、座椅子があり、寝具も清潔だった。廊下の奥にはトイレもあった。電気シェーバー、タオル、歯磨きなどの洗面用具、肌着類は明歩が持参していた。食事は外食にすればいい。駐車場もあり、東京から乗ってきたマイカーアクアを置くこともできた。

「久しぶりにこの町へ帰ってきたんだ、時遠玄斎と会って話を聞いたあとも、ここでゆっくりしていけばいいじゃないか」と弥富は機嫌よく言った。

明歩は迷うことなく決めたのだった。

問題は時遠玄斎のことだ。

玄斎のことだからそのうち帰ってくるだろうと安易に考えていたが、時間が経ってくると、あの玄斎が家族になんの連絡もなく、どこかへ行ってしまうなどということはあり得ないことだった。まして本日、明歩をわざわざ東京から呼び寄せておきながらのことだ。もしかして、なんらかの事故か事件にまきこまれたということも否定できない。

明歩は押し入れから布団をとりだし、寝床をつくってもぐりこんだ。他人のしかも死んだ人間の寝具を使うことを嫌《いや》がる人がいるかもしれないが、明歩はあまり気にならなかった。神経は繊細なほうだったが。

昼間のことがよみがえってくる。

久しぶりに見たこの町と、人々に対する異様な印象、明歩自身に起きた異常な感覚、なにか不気味でよくないことが起こりつつあるという予感、そして思いがけない玄斎の失踪。それとともに玄斎と過ごしたときの記憶の断片が交錯して、なかなか寝つかれなかったが、旅の疲れが出たのだろう、いつのまにか深い眠りに落ちていった。

2

「あなたまでが遠いところをわざわざ来ることはなかったんだよ」

時遠夫人はさばさばとした様子で言った。時遠玄斎の妻幸絵は、色白のふっくらとした顔立ちで、パールネックレスで胸もとを飾り、小太りのからだにドレープのついた、ゆったりとしたチュニックをまとっていた。

時遠家の応接間。

幸絵と東野明歩は、テーブルを隔てたソファに向かいあって座っていた。幸絵の隣には玄斎の兄時遠哲《てつ》がいて、この三人とは少し距離をおいて四人ほどの男女が控えている。ソファの向こうに木目調のデスクとどっしりとしたキャビネットがあり、キャビネットの上にバラの花が活《い》けられていた。レースのカーテンからさしこむ陽光が絨毯《じゅうたん》にまだら模様を描き、スイッチが切られたテレビの画面は、室内の様子をぼんやりと映しだしていた。

幸絵は思ったより元気そうだった。夫玄斎の失跡をそれほど心配している様子はない。明歩や他の連中のてまえ、気丈さを装《よそお》っているのかもしれない。内面では相当な気づかいや葛藤がある はずだ。

玄斎の失跡にかんしてはなにも思い当たることはないし、いろいろな方面に手をまわしているが、今のところこれといった手がかりはないという。事故や事件が起きた形跡もない。わかっているのは、当日玄斎がある人と会うと言って出かけたことだけだ。そのときも変わった様子はなかったらしい。会う相手がだれで、場所はどこだったかについては今もわかっていない。警察へ捜索願を出すと兄の哲が言いだしたときも、いずれ夫は帰ってくるのだからその必要はないと、断固として反対したのも幸絵だった。

「ぼくはこのことで来たんじゃないんです。昨日の午後、時遠会長と駅前の喫茶店で会うことになってたんですよ」と明歩は言った。

「その話、本当なの」幸絵はおどろいたように目をしばたたいた。

「十日ほど前に会長から電話がかかってきたんです。ぼくに話したいことがあるということでした」

「知らなかったわ。どうして主人はわたしに言ってくれなかったのかしら」

幸絵はなおも疑わしそうに明歩を見つめた。

「うそじゃありません」明歩は少しむきになって言った。「ところが会長の行方がわからなくなってると友人から聞いて、おどろいてここへ駆けつけてきたわけなんですよ」

「そうだったわ」幸絵はなにかを思いだしたように急に態度をあらためた。「なにしろあなたはすばらしいUFOを目撃なさったんですもの」幸絵は両手をすりあわせて、うっとりするように目をすがめた。「主人はあなたのことを期待してたのよ。あまり口には出さなかったけれど。きっとあなたが大都会へ行ってさびしかったにちがいない……とにかくあなたが来てくれたことはとてもうれしいことだわ」

幸絵は隣の時遠哲を見た。哲もそうだというようにうなずいてみせた。玄斎の兄哲は、白髪で長身、眼鏡の奥の目が鋭く光って年齢を感じさせなかった。もの静かで寡黙だったが、存在感のある人物だった。

玄斎はUFO研究団体〈宙《そら》の会〉を主宰して会長を務め、この哲が副会長だった。三カ月ごとに機関誌を発行し、時宜《じぎ》に応じて玄斎が講演会をおこなったり、研究会をひらいて会員同士の情報や意見を交換するなどの活動をつづけてきた。

明歩は高校を卒業し就職したころからUFOや超常現象に興味をもち、関連の資料を読んだり、DVD、インターネットを見るようになった。そのころ劇的なUFOと遭遇し、それを機に〈宙の会〉へ入会した。玄斎の講演会や集会には必ず参加していた。

しかし劇的なUFO目撃体験はあったが、それ以上のことはなかったし、勤務先の不満から転職を考えるようになって、しだいに〈宙の会〉の活動とは遠ざかるようになり、やがて自己の能力の可能性を求めてこの故郷の町を離れて上京したのだった。

玄斎は毎年欠かさず年賀状を送ってきた。賀状にはきまってなにかのコメントが書かれ、それによれば、UFO問題からさらに陰謀論へと活動の輪をひろげているようだった。

明歩はこの陰謀論にはあまり関心がなく、それにかんして知っていることといえば、この世にはひと握りの闇の勢力が存在して、その者たちがあらゆる領域で世界を支配しつづけ、歴史的な重大な事件も彼らが陰で糸を操っているという、そんな程度だった。

この応接室の隣の部屋は、研究会や集会の場になっていて、そこにはＵＦＯの模型や写真、ポスターが飾られ、書棚には関連図書が並び、そのなかには玄斎の著書もまじっていた。

「そのうち宇宙人に会ってどこかの惑星へ連れて行かれたとか言って、ひょっこり帰ってくるかもしれないわよ」

幸絵はまじめくさった様子で一同を見わたした。だがだれも応えず、彼女の言葉はむなしく消えていった。幸絵にしたって、本当はそんなことは信じてはいないのだろうが、せめてそんな冗談を言ってこの重苦しい雰囲気を和《やわ》らげ、自分自身をも励ますつもりだったのかもしれない。

明歩はやりきれなくなって窓の外を見た。ここからでも丘の中腹に立つ、黒十字と呼ばれる夢門病院が見えた。きょうの病院は昨日感じた不気味さはなく、明るい陽光を浴びておだやかな佇まいを見せていた。昨日は久しぶりに故郷の町を見て、大都会とはちがった印象から現実感を失い、まるで異次元にのみこまれたような感じをうけ、病院もそんな感覚で見ていたのかもしれない。そんな感覚がなくなったのは、この町の空気になじんできたということだろう。

「なんだ、キミか」という声が聞こえた。明歩がふりむくと、長身でやせた男が傲慢な様子で明歩を見おろしていた。

「宮前さん、お久しぶりです」明歩は立ちあがって丁重《ていちょう》に頭をさげた。宮前吾郎はふんというように頭をのけぞらせ、なおも探るように明歩を見ていた。

「主人が東野さんを呼び寄せたそうよ。話したいことがあったらしいわ」と幸絵は言った。

宮前はなにも言わず、幸絵の隣に腰をおろした。紺のスーツにネクタイをきちんとしめ、黒い髪をきれいにすき分け、額は禿《は》げあがったように後退し、頬はえぐられたように落ちこんで、いやに太い鼻柱がめだっていた。やせたからだつきだったが、敏捷な小動物のような精悍さを秘めているようだった。

「あの日、会長はだれかに会いに行くと言って出かけたんだが、その相手はキミだったというわけか」と言って、宮前はまた冷たい眼差しを明歩に向けた。

明歩がなにか言いかけたとき、「ちがうのよ」と幸絵がさえぎった。「主人がそう言って出かけたのは、一昨日のこと、東野さんが主人と会う約束をしてたのは、昨日のことよ。東野さんは、主人が約束の時間に来ないものだから、心配してわざわざ駆けつけてくださったというわけ」

宮前は不機嫌そうに黙りこんだ。

「東野さんとそんな約束をしておきながら、主人が家出したり、自殺したりするはずがないじゃないの。だれかが言ってるように」

幸絵はこみあげる感情をおさえるように大きな息を吐いた。

「だれもそんなことを言ってはいない」哲が遠慮ぎみにたしなめるように言った。

宮前がおもむろに言う。「会長は名の知れた陰謀論者だった。そのために闇の手にかかったのではという者がいるようだが、わたしはけっしてそうは思わない。陰謀論を唱えて本を書いたり、講演をおこなったり、インターネットで発信してる連中はいくらでもいる。みんなぴんぴんしてるじゃないか」宮前は語気を強めて一同を見わたした。幸絵がそうよと相槌《あいづち》をうつ。

宮前吾郎は、玄斎のいちばん弟子だった。〈宙の会〉の創立にも早くからかかわり、その後もつねに玄斎の活動を支えてきた。研究意欲が強く見識も高い。副会長の哲が人前で話すのが苦手でリーダーシップに欠けるところもあって、玄斎が引退したあと会長職を引きつぐ者は宮前しかいないという気運が生じ、そのことに異を唱える者はだれもいない状態だった。もちろん、宮前自身もそのつもりでいるにちがいない。

「きょうも心当たりをまわって、あの日会長と会った者はいないか、会う約束をした人はいないかと捜《さが》したんだが、……」と宮前は言葉を濁すと、また明歩を冷ややかに見て、「会長はキミに話があるから会いたいと言ったそうだが、その話とはいったいどんなことだったんだ」と訊《き》いた。

「会長は電話で話があるから会いたいと、それだけおっしゃっただけです。だからぼくはどんなことだったのか見当もつかないんですよ」と明歩は答えた。

「会長がキミをわざわざ東京から呼び寄せて、話さなきゃならないような特別なことはなかったんだがな」

宮前は邪慳《じゃけん》に言うと、時遠夫人と哲のほうをかえりみた。幸絵と哲はなにも言わなかった。

そのとき、ガラス戸がひらいて、女性が応接室へ入ろうとした。背後から声をかけられたらしく、その女性はふりむいてなにか話していた。

「真希さんだわ」幸絵は、その女性から明歩のほうへ視線を移して言った。「もしかして、主人があなたに話があるって言ったのは、真希さんのことじゃないかしら」

宮前が露骨に嫌な顔をした。

鳴海真希。明歩の中学時代のクラスメートだ。昨日、弥富繁からも真希のことを言われたが、今また時遠夫人は玄斎が明歩に話したかったことは、真希のことではなかったかと言う。真希は明歩が大都会へ去ってまもなく結婚したと聞いていた。

「真希さんはね」幸絵は明歩の気持ちを察したらしく、明歩のほうへ身体《からだ》をのりだし、声をひそめて、「最近離婚したらしいの。以前から旦那とうまくいっていないとはうすうす聞いてたんだけど。そもそも彼女にとって、はじめから気が進まない結婚だったのよ」と言って意味ありげに明歩を見た。

「それでいつ帰るんだ?」宮前がいらいらとした様子で訊いた。

「いつと言われても……」明歩は口ごもった。「しばらくはこの町にいるつもりです。会長のことが心配だし……いや、会長はいずれ帰ってくるはずです。そのときを待って会長の話を聞こうと思っています。どうしても会長の話を聞きたいんです。そうでなければ帰れません。それに旧友が部屋を貸してくれたんですよ」

「そうしなさい」幸絵は命令するように言った。

「いつになるかわからんぞ。キミには向こうで妻子が待ってるんだろ。それに仕事もな」宮前はきびしい口調で言った。

明歩は思いきって言った。「それがどちらもないんです」

「なんだと」宮前が突拍子もない声をあげた。

「あら、東野さん」

明歩がふりむくと、鳴海真希が立っていた。真希はおどろいたように目を見はっていたが、その目はいきいきと輝いて、はじけるような笑みが端正な顔にひろがっていく。白い水玉模様のスカーフがついた黒のプルオーバーを着て、黒いつややかな髪を顔の両側に垂れ流し、けっして美人とはいえないが、すっきりとした目鼻立ちは豊かな表情をたたえて、愛くるしさと同時に知性を感じさせた。すらりとして均整のとれたからだつきは今でも変わってはいないし、むしろ全体からうける印象は、明歩が交際していたときよりも女性らしくなったように見える。

幸絵によれば、真希は最近離婚したということだったが、そんな暗さは感じさせなかった。もっとも離婚などは珍しくなくなっている世相ではある。

「真希さん、お元気でしたか」

明歩は立ちあがって真希を見つめた。

真希もにっこりとうなずいて明歩を見かえした。


明歩は吉川家へもどり、自分の部屋へおちついた。

夕刻時遠家を辞したあと、夢門の町のあちこちをドライブしてみた。

町はそれほど変わっていなかったし、昨日うけた異様な印象も感じることはなかった。やはり昨日はどうかしていたのだろう。

就職したころよく通った飲食店で夕食をとったのだが、従業員の顔ぶれこそ変わっていたが、店主は同じ老夫婦で、メニューや味付けもほとんど同じだった。

真希のことを想った。きょうは話をすることはなかったが、そのうちゆっくりと話を聞いてみたいと思った。食事でもしながらだ。離婚したというのだから誘いやすいというものだ。

真希とは中学時代ほとんど言葉を交わすことはなかったのだが、高校を出て就職後、参加した同窓会で話しあう機会があり、それを機に交際するようになった。彼女もUFOや超常現象に興味をもち、ほとんど同時に〈宙の会〉へ入ったこともあってさらに親密さがまし、やがて明歩は彼女との結婚を考えるようになり、真希もその気になっていた。そのいっぽうで明歩は〈宙の会〉の活動に熱心にとりくみ、関連資料を読みあさったりしてますますUFO問題にのめりこんでいったし、玄斎が真希との交際や結婚にかんしてはいい顔をしなかったこともあって、結婚には二の足をふむようになった。それを知った真希の態度も変わっていった。そして明歩は転機を求めて上京し、真希は両親の勧めにしたがって見合い結婚したのだった。

玄斎のことが気になって時遠家へ電話してみた。時遠夫人が応対に出て、べつに変わったことはない、依然として玄斎は帰ってこないし、手がかりも見つかっていない、きょうはどうもありがとうと言った。昼間会ったときとくらべて疲れた様子だった。無理もないと思った。

電話を切ったとたん、廊下で人の気配がした。立って戸をあけると、吉川トミが背を向けて立ち去ろうとしていた。

「なにかご用ですか」と明歩は声をかけた。

トミは立ちどまってゆっくりとふりむいた。半白髪が額に垂れこめ、眼のふちが黒ずんで、深いしわが刻まれた顔にこわばった笑みがくっついていた。

「お茶でもいかがかと思って……」トミはとまどいがちに言った。

「お茶なら先ほどレストランで飲んできたんですよ」

「そうですか。それじゃおやすみなさいませ」と言うと、トミはそろそろと廊下を歩いて階段をおりていった。そのわびしげな後姿を見送りながら、せっかく言ってくれたのだからお茶を頼めばよかったと悔やんだ。それにしても先ほどのどぎまぎした様子が気にかかる。

なにげなく部屋の片隅に置いているバッグを見た。古びて型くずれしたボストンバッグ。バッグのファスナーはきっちり閉めずに小指の長さほどあけておくのが習慣になっていた。きょうもそうして出かけたはずだったが、いま見ると、ファスナーはきっちりと端まで閉まっている。ファスナーをあけてなかを調べてみると、なくなっているものはなかったが、肌着類、歯磨きの用具、折り畳みの傘、文庫本の位置が微妙に変わっているようだった。

あの老婦人は明歩のバッグの中身を調べ、時遠夫人へかけた電話を盗み聞きしようとしたのだろうか。そんなことはない。自分の思いすごしというものだ。

たとえそうだとしても、昨日までまったく未知だった明歩が、いきなり同じ家に住むようになったのだ。明歩がどんな人間なのか確かめてみたいといった気持ちになるのは無理のないことかもしれない。それにバッグの中身を調べられ、電話を盗聴されてもどうということはない。明歩にはどんな秘密ややましさもないのだ。トミのことは気にしないことにした。

それよりもやはり玄斎のことが心配だった。家出や自殺は考えられないし、事件や事故が起きた形跡もないようだ。あの日、玄斎が会った人間、会う約束をした者がわかれば、玄斎失跡の真相がわかるはずだ。しかし会員がそれぞれ手分けして捜しているらしいが、なにもわかっていないという。

いったい玄斎の身になにがあったのだろう。

いちじアメリカなどで頻発したＵＦＯによるアブダクション。とつぜん光り輝くものを見たと思ったら、いつのまにか宇宙船のなかへ連れこまれ、エイリアンと会話を交わしたり、いろいろ人体実験をされたりし、そして気がついたときは思いがけない場所にいて、かなりの時間が経過している……。玄斎の場合もそんなことにまきこまれたのかもしれないが、それにしては時間が経ちすぎているし、実際問題としてそのようなアブダクションが起きるとは思えない。そんなことは幻想や集団ヒステリーとして説明できるのではないのだろうか。

それに明歩に話したいこととはどのようなことだろう。時遠夫人が言ったように真希のことだったのだろうか。そのこともあったかもしれないが、それだけでわざわざ東京から明歩を呼び寄せたりするだろうか。もっと重大で秘密めいた話だったような気がしてならない。そう思うと、一刻も早く玄斎が帰ってきて、話を聞きたいものだと切実に願わずにはいられなかった。

そのとき、時遠玄斎が目の前に立っていた。

いつのまに入ってきたのだろう。玄斎は明歩の目の前に突っ立ったまま、部屋の一隅を見つめていた。

「時遠会長、ご無事だったんですね」明歩は声をはずませて呼びかけた。「みんな心配してたんですよ」

玄斎は返事をしなかった。部屋の片隅を見つめたままだ。

明歩はあらためて見直した。ブラウンのツイードのジャケットと紺のスラックスという服装は見なれたものだったし、聡明そうな広い額、鋭くひきしまった目鼻立ち、一文字に結んだ口元は玄斎にまちがいなかった。ただ仮面のように無表情で生気がとぼしく、目もうつろで焦点が定まらず、いつもはきちんと整えている頭髪も風に煽《あお》られたように乱れていた。立った姿が頼りなげで存在感がなく、まるで宙に浮いているようだった。

「奥さんもとても心配なさってるんですよ。もう奥さんには会われたんですか」明歩はなおも問いかけた。それでも玄斎はなにも言わなかった。相変わらず突っ立ったままあらぬ方向を見すえているだけだった。蛍光灯の照明が玄斎の頬に翳《かげ》をつくり、くぼんだ目は岩壁にうがたれた小さな孔《あな》のようだった。呼吸をしているのかと思うほど不気味な静けさをたたえていた。明歩がなおも言いつのろうとしたとき、玄斎の唇が動いた。

「どうなんだ、おまえはもう目がさめたか」と玄斎はおだやかな口調で言った。その声は低くしわがれていたが、明歩の聞きなれた声だった。明歩はなにも言えなかった。玄斎は言葉をつづけた。

「まだのようだな。おまえだけではない。ほとんどの人間は眠りつづけている。眠ってはいないと言うかもしれないが、わたしに言わせれば、おまえたちは居眠りしながら歩いて、ものを食らい、言葉を交わしているのだ。自分たちの意思や考えで行動し、話していると言うかもしれないが、おまえたちのその思考や感情というものは、テレビや新聞などのマスメディアによって鋳型《いがた》にはめられているのだ。

もっとはっきり言おう。おまえたちは催眠術にかけられたままか、あるいは格子のない牢獄に閉じこめられた囚人のようなものだ。もっと言えば時間に追われて働かされ、欲望をひき出す広告にしたがって消費する、労働と消費という名のロボットにすぎない」

玄斎は相変わらず明歩には顔をそむけて話し、その声はどこかうつろで、水中から聞こえてくるようにくぐもっていたが、一語一語は重々しく力強さを秘めていた。

「その話はのちほどゆっくりお伺いします。それよりもいったいなにがあったのですか。とりあえずはそのことを……」と言いかけた明歩をさえぎって、「おまえたちは」と玄斎はまた話をつづけた。「なにが現実で、自分がどこにいるかということが見えていないのだ。今おまえたちが見ているものは、実際にそこにあるのではなく、おまえたちの脳のなかに存在しているだけだ。視覚という感覚器官と、投射する感情によってつくられたものなのだ。

わたしが言いたいのは、おまえたちが現実といっているものは現実ではなく、現実と思いこんでいるだけで、おまえという人間も本当の自分ではないということだ」

明歩は言おうとしていたことをやめた。いくら問いかけても返事をしないのだからこのまま黙って聞いているよりほかなかった。そのうち言いたいことがすめば明歩の質問にも答えてくれるのだろう。

「この世界には二種類の人間がいる。支配する者と支配される者だ。ひと握りの絶大な権力をもった人間、それにくみする者たちと、その者たちに支配される大衆《マス》だ。ひと握りの人間は古代から現代にいたるまでけっして表に出ることなく、ウラで世界をコントロールしている。政治、産業、金融、マスコミ、医療、科学、教育、宗教などあらゆる分野を支配し統制しているということだ。大衆はやつらによって脳のなかに受信機を組みこまれ、やつらから送られてくるメッセージにしたがって動いている操り人形になってしまっているのだ。

今やつらはある計画にそってひそかな活動をつづけている。やつらがめざす最終目標は……そこでなにかが起こる、その恐ろしいこととは……」

玄斎は力をこめて言うと言葉をとぎらせた。どんよりした目は火がついたように燃えたった。明歩は思わず息をのんだ。玄斎は吐息をついてから言葉をついだ。

「そのことを今は言いたくないし、言わないほうがいいだろう。なにも考えることなく、欲望のままに生きている人間はとくに気をつけろ、それだけは言っておく。

こんなことはどこかよその国のことだと思っているのなら、それは大きなまちがいというものだ。この日本、いやこの夢門の町のことなのだ。いずれおまえはその目で見ることになるだろう。それでもなお、おまえは居眠りをつづけるつもりか」

玄斎は鋭く言い放つと、向き直ってはじめて明歩を見つめた。胸中を突き刺すようなその眼差しに射すくめられて、明歩は息苦しくなり胸をあえがせた。玄斎がなにを言ったのかよく理解できなかったが、いいしれない恐怖感が背筋をつらぬいた。玄斎はなおも明歩をにらみすえている。

明歩は思わず目を閉じた。心をおちつかせようとした。玄斎は黙っている。話したいことはすんだようだ。今度は明歩の番だ。質問に答えてくれるだろう。気をとりなおして目をあけた。

玄斎の姿は消えていた。

3

明歩はアクアを走らせていた。

町の中心地を抜けて北へしばらく走ると、そこはかつて明歩が住んでいた住宅街だった。

懐かしい風景が目の前にひらけてくる。

長年住みなれたマッチ箱のように並ぶ集合住宅。子供のころよく遊んだ小さな遊園地。一部改築された小学校。金木犀《きんもくせい》がよく匂った通学路。中学校はゆるやかなのぼり勾配の途中、木立におおわれた裏山を背にして立っている。よく行った映画館は閉鎖され、スーパーマーケットになっていた。

住宅地を通りすぎ、まばらになった家並みの向こう、丘の中腹に立つ夢門病院が目に入った。きょうの夢門病院も、明歩がこの町へもどってきた日の印象とはちがって、おだやかなごく普通の病院に見えた。

きょうは期待できると思った。明歩がいきなり面会を申し込んだにもかかわらず、病院のオーナー泊龍成は、本日の午後会うと言ってくれたのだ。

昨夜のことが頭のなかをよぎった。

とつぜん現れた時遠玄斎。明歩の問いかけにはいっさい答えることなく、一方的に話したあとまた煙のように立ち去ってしまった。

そのあと、時遠家へ電話してみた。応対に出たのは時遠哲だった。

「会長はもうお帰りになったんですか」と明歩は訊いた。

「いや、まだだよ」哲は沈んだ口調で言った。「皆さんがいろいろ手を尽くしてくれてるんだが、今のところなんの目星もついていない。なんとか無事でいてくれればいいんだが」

「お帰りになっていないというのは本当なんですか」明歩はそう言わずにはいられなかった。

「本当ですかって……キミ、妙な言いかたをするじゃないか」温厚な哲が気色《けしき》ばんだ声をあげた。

「会長が帰ってくれば、いちばん先にキミのところへ電話しようと思ってるくらいなんだよ」

「すみません」

「なにかあったのかね」

「いえ、別に」

とても言えることではなかった。

あれから今になっても玄斎が帰ってきたという連絡は入っていない。実際に玄斎が明歩を訪ねたのなら、その足で時遠家へ姿を見せないはずはないのだ。その点は腑《ふ》におちなかったが、昨夜出現した人物は玄斎にまちがいないと思う。だがとつぜん現れ、煙のように立ち去ったことを考えると夢だったのかとも思えてくる。しかし夢ではない。座椅子に座って少し読書をしたあと、昼間の出来事を思いだしているときだった。居眠りなどはしていなかった。

それでは明歩の幻覚だったのだろうか。それにしては長い時間だったし、あまりにもリアルだった。あの状態だったから玄斎が話した内容はよく理解できなかったのだが、いずれこの先、恐ろしいことが起きると言ったときの玄斎の鋭い眼差しには恐怖感をおぼえたし、玄斎が語ったことは、明歩が久しぶりにこの町を見たときにうけた不吉な予感と符合していた。玄斎が明歩と会って話したかったこととはこのことだったのだろうか。

左手に夢門病院へつづく丘陵が迫り、右手は民家のあいだに田畑がめだつようになった。ひとかたまりになった民家の背後の高台に、金ぴかの観音像がぽつんと立っていた。疎林《そりん》の道を曲がりくねりながら坂道をのぼっていくと、上空をおおう厚い雲を背にした古びた夢門病院の建物が見えてきた。

さらにのぼって玄関前に車をすべらせていく。風にざわめく木立の枝を突きぬけて、鋼鉄製のオベリスクがそそり立っている。その先端にとりつけられた黒い十字架が、雲間をもれた陽光を浴びてひとしきりきらめいた。玄関横の駐車場へアクアを乗り入れたとき、植込みのあいだから、青みがかった何者かの胸像が亡霊のような気配を醸《かも》しだしていた。

「やあ、久しぶりじゃないか」と言いながら、泊龍成が入ってきてソファにどっかりと座った。二人はテーブルを隔てて向かいあった。

医療法人夢門会の理事長室。夢門病院の三階の奥まった一郭だった。

泊龍成は黒い長髪を肩まで垂らし、やせぎすの身体《からだ》に白いローブをまとっていた。男にしては白いなめらかな肌で太い眉、鋭い眼光、鼻梁が高く鼻翼から両側にひろがる切れこみにそって分厚い唇が彫りこまれ、人を威圧するような雰囲気を漂わせていた。

泊は、明歩の高校時代この町へやってきて、経営不振だった不動産会社に入社すると、経営手腕を発揮して、短期間で黒字へ転換させて注目を浴びた。これを機に町の有力者と交際するようになり、また中堅の建設会社とかかわりをもち、そこの業績も改善してさらに人望は高まり、現在ではこの医療法人夢門会の理事長をはじめ電機会社の要職につくようになった。それとともに夢門の町の首長や有力者を抱きこみ、大企業のオーナーや幹部と気脈を通じて、この町を牛耳《ぎゅうじ》るほどの権勢をもつようになっていた。この町へ来るまでの経歴は不明だった。

泊龍成もUFOや超古代に関心をもっていて、いちじ〈宙の会〉へ入会していた。研究会や集会で泊と一緒になったとき、泊のほうから積極的に声をかけてきたりして、二人でよく話しあったものだ。ほどなく泊は〈宙の会〉を去り、明歩も上京してその後は会っていなかった。

泊はソファに背をもたせ、華奢《きゃしゃ》な両手を腹の前で握りあわせ、ひょろ長い脚を組んで、それとはなしに明歩を見つめていた。

泊はおもむろに言った。「その後どうしてんだ?」

明歩は東京での生活を簡単に話し、最近、時遠玄斎から話があるからとこの町へ呼び寄せられたが、その前日玄斎が失跡したことを語った。

「信じられんな、時遠会長が行方不明になったってことは」泊はおどろいたように言うと首をかしげた。

「会長の失跡にかんしてどんな心当たりもなく、行方や安否についてもなにもわかっていないということなんです」

「女でもできたんじゃないのかね」泊は冗談ともまじめともつかない様子で言った。

「いいえ、会長はそんな人じゃありません」

「時遠会長がキミに話したいこととはどんなことだったんだ？」泊は真剣な表情で言いながら、探るように明歩を見つめた。

「ぼくにはわかりません。ただ話したいことがあるっておっしゃっただけですから」

昨夜、玄斎が出現して明歩に語ったことなどこの泊にはとても言えなかった。

「ぼくはどうしても会長の話が聞きたいんです。それでぼくも会長を捜しだしたいんですが、なにしろ長いあいだこの町にいなかったものですから、どこをどう捜していいのか見当もつかないんですよ」

「それでわたしにどうしろって言うんだ。わたしに会長を捜してくれというわけか」

「ちがうんです」明歩はあわてて言った。「久しぶりに夢門の町へ帰ってきて思ったことは、やはりぼくはこの町があっている、この夢門で暮らしていこうということなんです。そのためにはちゃんとした仕事を見つけなければなりません。そのことでお願いにあがった次第です」

「当然だ。キミの気持ちはよくわかるよ」と泊は快活な様子で言ったが、就職の依頼にかんしては否《いな》とも応とも言わなかった。

「会長の安否も気がかりなんですが」明歩は思いきって言った。「実はもうひとつ気になることがあるんです。この町でなにかが起きている、なにか異様で恐ろしいことが起こりつつある、そんな気がしてしょうがないんです。それがいったいなんなのかつきとめてみたいってそうも思ってるんですよ」

「会長が行方不明になってるんだ。キミがそう思うのも無理はない」泊はおだやかに言った。

「いいえ、ぼくがそんな気がしたのは、会長の失踪を知る以前のことなんです」

「この夢門でなにが起こり、なにが起ころうとしていると言うのかね。どんな根拠があってそんなことを言うんだ？」

おだやかだった泊の様子が一変した。語気を荒げ、目は険しい光を放ち、額の血管が怒張していた。明歩の言葉は、この町を代表する人間としての泊の矜持《きょうじ》を傷つけたのだろう。よけいなことを言ってしまったと明歩は悔やんだ。

「いいえ、根拠はありません。ぼくの気のせいかもしれません」明歩は弁解するように言った。

泊はポケットから煙草《たばこ》とライターをとりだし、パチンと音をたてて口にくわえた煙草に火をつけた。ひと息深く吸うと、煙が鼻からふきだして二人のあいだを漂った。ふいにその煙はひとかたまりになって上昇していき、泊の頭上でとどまった。さらに煙は渦をまいて、そのなかから手足のようなものが現れ、その手をふりあげたり、足を蹴りあげたりしてはげしくゆれ動いた。それはなにかの怪物が踊り狂っているようだった。明歩は思わず目を閉じた。

「仮にだ、この町になにかが起こっているとわかったとき、キミはどうするつもりだ？」

明歩が目をあけると、泊の頭上の煙は消え、泊のにらみつけるような眼差しが明歩へ注がれている。

「それが町や町の人々にとって不都合なことであれば、ぼくは断固として戦います。ぼく個人の力がどこまで通用するかわかりませんが」

明歩は正直に思っていることを言った。明歩の言葉を経営者である泊がどううけとめるかわからない。先ほどの泊の態度から察して、就職の件はどうせだめだろうと思っていた。

ドアにノックの音がして男が入ってきた。男はずんぐりとしたからだつきで屈強そうだった。病院にはふさわしくない派手なブルゾンジャケットと細身のスラックスという服装だった。

ちょっと失礼するよと泊は言うと、立ちあがって男のほうへ近づいていった。

二人は声をひそめて話しあっている。二人の背後にはどっしりとしたマホガニー材のデスクがあり、その近くに同じマホガニー材の書棚が立っていた。その向こうにテレビが置かれたキャビネットが控え、その近くに日の丸の旗とアメリカ国旗が掲げられている。

「嗅《か》ぎまわってるやつがいるんだ。気をつけろよ」という泊の声が聞こえ、わかりましたと男は答えて、ちらりと明歩のほうへ目を走らせてから応接室を出ていった。

もとのソファにもどった泊は、黙ったまましばらく考えているようだった。

「キミが正義感に燃え、勇気のある男だってことは認めるよ」泊は率直な様子で言うと、それから口調をあらためて、「しかしだ、この夢門の町でなにか異様なことが起こりつつあるというようなことは、先ほどキミが言ったように、なんの根拠もなくキミの気のせいだった、そういうことだな」と釘をさすように言った。

「そのとおりです」明歩はそう言わないわけにはいかなかった。

「ところで、東京ではどんな仕事をしていたのかね？」

「いろいろです。初めは証券、広告、印刷関連の会社に勤めたんですが、いずれも自分にはあわないというか、仕事や職場になじめなくて長続きせず、あとはコンビニの店員をしたり、製造現場で働いていました」明歩は悪びれることなくありのままを言った。

「つまりフリーターをしていたわけだな」

「そういうことになります」

「東京のやつらは、キミのことをまったくわかっちゃいないんだ」

泊は腹だたしそうにそう言うと、また煙草をとりだして火をつけた。「キミはあのUFOを見た。あんなものは並みの人間が見れるものじゃない。わたしは、君のことをただ者でないとつねづねそう思っていた」泊は明歩のほうへ身をのりだすようにしながら、真摯《しんし》な口調で言った。明歩は、自分のUFO体験を泊に話したときのことを思いだした。あのころの泊といまの彼とはまるでちがう。あのころの泊は、いまのような羽振りはなく、謎や未知なものに対する好奇と探究心に燃えた一介の青年だった。明歩がかつて見たUFOのことや、明歩をただ者でないと泊が言うのを聞くと、あのころの純朴な青年の片りんをうかがわせた。泊は煙草の煙を吐きだしたが、その煙は先ほどのようにとどまることはなくどこかへ消えていった。

「キミには特別な才能がある。夢門の町はキミがもどってきてくれたことを歓迎するだろう。キミの才能を生かした仕事、キミにふさわしい職場が必ずあるはずだ」

明歩は居ずまいを正して頭をさげた。

「キミはいつか、読書が好きでいずれは作家になりたいと言ってたな」

明歩はどう返事をしようかととまどった。作家になりたいと思ったのはいちじの願望にすぎず、現在では作家などというものは雲の上の存在だった。

「よし、わたしにまかせなさい」泊は立ちあがりながら言った。

「ありがとうございます」

明歩も立ちあがって礼を述べた。泊は手を差しだした。明歩はその手を握った。


明歩が吉川家の玄関へ入ると、お帰りなさいと吉川トミが出迎えた。トミはちらっと明歩の顔を盗み見た。そのくぼんだ目が底光りして明歩の表情をうかがっているようだった。ただいまと言って、明歩が廊下を歩いて階段へ向かったとき、気づいて言った。「もしよろしければ、お茶をいただきたいのですが」

「いいですよ」トミはにっこり微笑《ほほえ》んで台所へ向かった。

二階へあがり自分の部屋へ入って、倒れこむように座椅子へ座りこんだ。昼間、泊龍成との面接で緊張し、その疲れが一挙に出たのだろう。

泊は快く就職の斡旋《あっせん》をひきうけてくれた。明歩が稀有なＵＦＯを目撃したことや、いちじ作家をめざしていたことをおぼえていてくれた。そして明歩にふさわしい仕事があると言ってくれたのだ。しかしまだ決まったわけではない。喜ぶのは早すぎるとわが胸に言いきかせた。

バッグに目をやってはっとした。またバッグのファスナーが端まできっちりと閉まっていた。きょう出かけるとき、小指の長さほどあけておいたのを確認している。

またトミはこのバッグをあけたのだろうか。なかを見るとなくなっているものはなかったが。一度は大目に見るとしても、二度となると……。

そのとき携帯電話が鳴った。弥富繁からだ。弥富は、時遠玄斎はどうなったかとたずねた。まだ帰っていない、安否にかんする手がかりも見つかっていないと明歩は答えた。

「その部屋の住み心地はどうだい？」

しばらく間をおいてから、「いいよ」と明歩は言葉短く返事した。

「トミ婆さんは？」かさねて弥富は訊いてくる。

明歩は返事に窮した。

トミが入ってきて、運んできたトレイからお茶の入った湯飲みと和菓子をのせた小皿をテーブルに置くと、どうぞというように会釈して出ていった。

「いいお婆さんだよ」とだけ言っておいた。ちょっと待ってくれと言って、戸をあけて廊下をのぞくとトミの姿はなかった。先日は明歩の電話を盗み聞きしていたように見えたが、今はその気配はなかった。だがバッグのファスナーの件は？……。この件は弥富に言うつもりはない。

「いずれ仕事が見つかれば、ワンルームマンションでも借りるつもりだ」

「それはおまえの勝手だが、婆さんはおまえが気に入ってるみたいだぜ」

トミが明歩を気に入っているというのは意外だった。トミは明歩を疑い、怪しみ、警戒しているようにしか見えなかったからだ。

「トミさんのご主人は亡くなったことは聞いたが、子供さんはどうなんだ?」とたずねてみた。

「息子さんがひとりいたんだが」弥富はしばらく言いよどんでいたが、思いきったように言った。

「息子さんは交通事故で亡くなったんだ。八年ほど前だったかな、息子さんは仕事先から帰宅の途中、バッグをひったくられた。息子さんはバッグをひったくった男を追って道路を横断しようとしたとき、走ってきたトラックにはねられたんだ。ひったくり犯はそのまま逃げ、バッグももどっていない。生きていれば、息子さんはキミやおれたちと同じ年代だろう」

「どんなバッグだった?」明歩は訊かずにはいられなかった。

「そこまでは知らないよ。そういやぁおまえもバッグを持ってたな」

「ボストンバッグだ。ちょうど八年ほどまえに買ったんだ」

「同じようなものかもしれないよ。おまえのバッグが息子さんのもので、おまえがあのときのひったくり犯だって言ってるわけじゃない。あのころキミは東京にいたんだからな」弥富は冗談のように笑いを含んだ声で言った。

時遠玄斎が無事に帰ってくることを祈っている、それからおまえの就職の件もなと言うと、弥富は電話を切った。

明歩はトミが持ってきてくれた茶菓子を食べ、お茶を飲んだ。トミの息子は、バッグをひったくった男を追っているときトラックにはねられて死んだ、と弥富は言った。明歩がはじめてこの家を訪れたとき、トミは妙に熱心な様子で明歩のバッグを見ていたことを思いだし、またそのバッグのファスナーをいじくったりするのも少しはわかったような気がした。

時遠家からは連絡はなく、昨夜のように玄斎が出現することもなかった。

4

東野明歩は腕時計を見た。

まもなく午後三時になろうとしていた。そろそろ来るころだろうと思った。丘の裾から曲がりくねりながら上ってくる道路が、さらにヘアピンカーブを描く、その湾曲部に位置する小公園。粗末なベンチと、動物を模した簡素な遊具が設けられているだけで人気《ひとけ》はなく、まわりはやせ細った木立にかこまれ、眼下にはまばらな家並みと裸土がめだつ畑地がひろがっていた。左手に起伏しながらつづく丘陵の向こうに夢門病院が見える。このあたりは弥栄《やえい》の丘と呼ばれ、郷土資料館、老人介護施設、日帰り温泉施設などもある。

夢門病院で泊龍成と会って就職の斡旋を頼んだとき、泊はこの男に電話すればいいようにとりはからってくれるだろうと言って、電話番号を書いたメモを渡した。その番号へ電話すると、応対に出た中年の男がきょうの午後三時、この場所で会いたいと告げたのだ。就職の話にこんなところで待ちあわせするのはおかしいと思ったが、その男はつづけて、「黒の乗用車で乗りつけ、クラクションを三度鳴らしたあと車を降り、夢門病院のほうへ向かって立つから、手で合図を送りながら呼びかけるように」と言った。明歩は怪訝《けげん》に思い質問したが、男はいっさい答えようとはせず、同じことをくりかえすばかりで、結局その男の指示にしたがうほかはなかった。

ちょうど三時になったとき、黒い乗用車がすべりこんできて停《と》まった。クラクションが三回鳴って男が降り立った。男は服装も黒いスーツで、白いワイシャツに黒いネクタイをしめサングラスをかけていた。すらりとした背格好だったが、少し猫背気味で黒い長髪が肩まで垂れている。男は明歩のほうへは一顧もすることなくゆっくりと歩きだしたが、その足の運びは機敏そうだった。電話で言ったように夢門病院のほうへ向かって立ちどまった。

明歩は男へ向かって近づいていった。変な気がしたが、言われたとおり親指と人差し指で輪をつくった手を掲げながら男の背後に立った。男はふりかえった。

「キミが東野明歩くんか」男はドスがきいた声で言った。「わたしは羽追《はおい》だ。キミに会えてうれしいよ」

明歩は手を掲げたままでいた。羽追はその手をおろすように手ぶりで示した。

「ぼくは泊さんと会って就職のことを相談したんですよ。そしたらあなたに連絡するように言われたんです」明歩は感情をおさえて言った。

「わかっている。だからこうして会ってるんだ」

会う場所といい、手で合図を要求するなどこの男は本当にわかっているのかと思いたくなる。気がつくと、明歩の背後にこれも黒づくめの服装をした男が立っていた。羽追が乗ってきた車を運転していた男だ。

目の前の道路にはカーブで減速した車が往来し、風が吹いて朽ち葉がめだつ樹木の枝をゆり動かした。

「それなら、もっと静かでおちついたところで話を聞かせていただきたいものです」

「キミはここが気にいらないのか」

「気にいるもいらないも、ここではゆっくり話ができないって言ってるんです」

「ここは弥栄の丘といってな、われわれにとってはとても大事な場所なんだぞ。あそこに病院が見えるしな」

羽追は夢門病院を指してみせた。明歩はこの男がなにを考えているのかわからなかった。「とにかく喫茶店でも行ってそこで話をしましょう」明歩はいらだちをおさえて言った。

羽追の態度が変わって険しい口調で言った。「キミはわれわれに忠誠を誓ったのを忘れたのか。われわれのために働くと言ったんだぞ。キミには使命が与えられてるんだ」

羽追はサングラスをはずした。切れ長の目がまがまがしい光を放って明歩をにらみつけている。

羽追は手帳のようものをポケットからとりだし、表紙をひらいて扉を見せた。そこにはなにかの図柄が描かれていたが、羽追はすぐ手帳を閉じてポケットにしまった。その図柄がなんだったのかよくわからなかったが、それからうけた印象と、それを見せたときの羽追の態度が明歩を恫喝《どうかつ》した。

明歩は気おくれしたが、奮《ふる》いたって言った。「忠誠とか使命とはどういうことですか。泊さんはぼくにふさわしい仕事を見つけてやるってそうおっしゃったんです。話がちがうじゃありませんか」

「わたしは泊さんに言われたとおりのことをやってるんだ。思いだすんだな、キミはあの特別なUFOを見た。まだ気づいていないようだが、キミは与えられた大事な使命をやりとげねばならないのだ」

「ぼくが特別なUFOを見たのは事実です。でもあなたがたとはかかわりのないことです」

「キミにわかってもらうためにわざわざここへ呼んだんだ。われわれとともにキミがここに立てば……」

「もうけっこうです」明歩はさえぎって、「きょうはこれで失礼します」と言って踵《きびす》をめぐらせた。

「キミはいずれわれわれのメンバーの一員になってともに働くようになる。必ずそうなるんだ」

がなりたてる羽追の声を背なかで聞いて、明歩は歩きだした。

「待て」と羽追は呼びとめた。

明歩は運転手の男の横をすりぬけて足を早めた。

「もどってこい」と叫ぶ羽追の声が聞こえたが、明歩は足をとめなかった。

羽追、運転手の男が追ってくる気配はない。

明歩は、停めておいたアクアのドアをあけて乗りこんだ。

明歩は、部屋へ入って座椅子に座りこんだ。

トミはもう寝たのだろうか、姿を見せなかった。やはりバッグのファスナーはきっちりと閉められている。きょう出かけるとき、小指の長さほどあけておいたのだ。今はそのことはあまり気にならない。明歩の頭にまとわりついて離れないのは、昼間会った男のことだ。

あの羽追という男。泊龍成の指示にしたがっていると言っていたが、なにを考え、明歩のことをどう思っているのだろうか。もしかしてなにかと勘ちがいしているのかもしれない。もう一度泊と会ってみる必要があると思った。

それにしても羽追から明歩のUFO体験を聞くとは思いがけないことだった。泊から聞いたのだろうが、羽追から言われてみると、自分の部屋へ土足で踏みこまれたような不快感をおぼえた。

あのUFO目撃――それは明歩が心の奥に刻みつけている秘密であり、はかりしれない貴重な心の財産だった――。

高校を卒業し、病院職員として働いているころだった。

一日の勤務を終えて帰宅の途中、私鉄のターミナル駅のプラットホームへ降りたったとき、はっとした。明歩の自宅の方角の低空に光り輝くものが浮かんでいたのだ。赤、青、黄、緑を点滅させ、明るく清澄な光を放ちながら、それはその位置で静止していた。なんだろうと思いながら、駅舎を出てそれへ向かって歩みよっていった。依然としてその光り輝くものはそこに浮かんだままだった。

その真下に来た。明歩は立ちどまり、なんだろうとあらためて見あげた。そのときそれは、輝きが弱くなるとともに音もなくスーッと動きだしたかと思うと、明歩の自宅のほうへすべるように走りだし、あっという間に団地の向こうへ消えてしまった。

明歩の胸はときめいた。そのころUFO、超古代、超常現象などに興味をもち、関連図書を読みあさっていたのだが、それでわかったのは、いま見たあれこそUFOにちがいないということだった。現在どれほど科学技術が発達したといっても、いま見たようなものはこの地球上で作れるはずはないのだ。

あれがUFOならいったいどこへ行ったのだろうか、もう一度見たいものだと思いながら、飛び去った先ほどのUFOを追いかけるようにして、自宅への道を歩いた。団地の横の道を通り、その角を曲がって視界がひらけたとき、明歩は息をのんで立ちすくんだ。

明歩は五階建ての集合住宅の二階に住んでいたのだが、その棟の手が届きそうな真上に先ほどのUFOが、もとのように光り輝きながら浮かんでいたのだ。それはまるで『おまえの住居はここだ、ちゃんと知ってるんだぞ』と言っているようだった。明歩は、なんともいえないふしぎな気持ちになりながら、それに向かって近づいていった。

明歩の住居がある棟の真上、晴れた紺色の夜空を背景にして、それは一段と光り輝きながら、明歩を見おろすようにじっと静止していた。その燦然《さんぜん》とした神々《こうごう》しい光彩は、明歩の心の奥をも照らしだしているように思えた。そのUFOに見守られながら、明歩は住居のある棟へ入っていった。

「変なものがついてきた」明歩は部屋へ入るなり母に告げた。明歩と母は窓をあけ、棟の真上を見あげた。だが窓から棟の真上は見えない。あたりを見まわすと、二人の正面、集合住宅の棟と棟の狭いあいだから、その向こうの低空に浮かんでいるそれが目に入った。

「赤、青、黄、緑がいりまじって光り輝いている」と母は言った。

数分後、ふたたび窓から見てみると、先ほどのUFOはどこにも見当たらなかった。

明歩は書籍、写真、インターネット、DVDなどで世界各国のUFO目撃情報を調べてみたが、明歩が見たような目撃例はなかった。それだけにあのUFOは明歩の心と脳裏に焼きついてはなれなかった。

そのUFO出現はこの夜だけではなかった。

この日は金曜日だったのだが、次の金曜日にも同じことが起きたのだ。

仕事を終えてターミナル駅のプラットホームに立つと、明歩を出迎えるようにして、あのときと同じように光り輝くUFOが浮かんでいた。明歩がその真下に行くと、それは明歩を先導するように夜空を音もなく走りだし、明歩の住居の真上で停止して、明歩が帰りつくのを待っている。そして明歩が自宅へ入るのを見とどけると、どこかへ飛び去っていった。

次の金曜日もだった。またその次の金曜日にも同じことがくりかえされた。

さらにその次の金曜日も期待したが、さすがにそれはなかった。

それ以降、あちこちの空でこれによく似たようなUFOを見るようになったが、そのなかには明歩の思いこみや錯覚があったかもしれない。しかし金曜日ごと四回現れたあのUFOは、自分のこの目で見てまちがいないものだという確信があった。実際に母が確認したし、通りがかった若者のグループのひとりの女性があのときのＵＦＯを見あげて、「あれ、なんなの？」と言っていたが、「早くしろ、電車に乗りおくれるぞ」と他の連中からせきたてられてあわてて駅舎へ駆けこんでいったものだ。

ふしぎでならないのは、なぜあのようなＵＦＯが一介の市民にすぎない自分の前に出現したのかということだった。それについては思い当たることがふたつある。

明歩は子供のころから慣習や規範といったものに反発してきた。成人するにつれ既成の権威や体制に反抗心を抱くようになった。その最たるものが学歴社会。学歴によって人間の価値がきまるといった社会傾向に抵抗した。そもそも学校教育というのは、現体制に順応し、維持していく人間を養成するためのものだという考えが根底にあった。高校生のころ登校拒否になり、大学受験勉強に没頭している級友をしり目に小説を乱読したものだった。

明歩には富や社会的地位などはどうでもよかった。有名大学を出て優良企業に入り、よき家庭を築くといった人生コースにのりたいとは思わなかった。結婚に踏みきれなかったのもそんな考えがあったからだろう。

明歩がひたすら追い求めようとしたのは、この世の真理、真実だった。複雑にからみあったこの世の奥に隠されている真実とはなにかということを知りたいと思っていた。そのためには貧乏や孤独を恐れなかった。――このような明歩の人間性、生きかたが進化したエイリアンには見抜くことができ、そしてあのＵＦＯが出現することになったのではと思ったりした。

もうひとつはワンダラーにかんすることだ。

あのＵＦＯが現れたのは、ちょうど「宇宙からの黙示録」という本を読んで感銘をうけているときだった。

その本はワンダラーについて書いており、ワンダラーというのは、進化した惑星の霊的存在が地球と人類を救うために地球人の肉体に宿って転生してきていることをいい、そのワンダラーの自覚と使命をうながすものだった。

アメリカの心理学者は、覚醒していない眠れるワンダラーが世界じゅうで数百万いると書いて、かなり大きい反響を呼んでいた。眠れるワンダラーは、日本人に多いということだ。

もしかしたら、明歩もワンダラーのひとりで、あのＵＦＯはその自覚をうながすためだったのかもしれないと思ったが、しかしワンダラーというのが実際に存在するのかどうか疑問だったし、自分がワンダラーだという実感も湧いてくることはなかった。

そういうわけで、あのＵＦＯはどこから来たのか、その目的はなんだったのか、明歩にとってどういう意味があるのかということを考えるようになった。それでますますＵＦＯ関連の研究にのめりこんでいった。

〈宙の会〉へ入会したのもそのころだった。時遠玄斎の講義を聞き、研究会や集会には必ず参加して、情報を交換したり、明歩のＵＦＯ目撃を話したりした。明歩のこの体験は、〈宙の会〉では話すことができたが、一般の人には言いだせなかった。

しかしそれ以上の進展はなかった。

あれだけの劇的なＵＦＯを目撃したのだから、そのうちエイリアンと直接コンタクトしたり、宇宙からなんらかのメッセージがテレパシーなどによって伝えられるのではと期待していた。だがそういうことはいっさいなかった。ただひとついえるのは、目の前の闇に、とつぜん真っ赤な球が現れ、その球が明歩へ向かって猛スピードで飛んできて、あっという間に口から胸へ入ってきたことだ。そのとき明歩ははっとして跳ねおきた。それが夢だったのか、現実のことだったのかわからなかった。この球がＵＦＯと関連があるかどうかは別として、このときの強烈なインパクトは今でも胸の底に焼きつけられている。

そのころ勤務先の仕事に疑問をもつようになり、また職場の人間関係にも悩んだこともあって、しだいにＵＦＯ問題への関心がうすれていった。そして新しい可能性を求めて上京したのだった。故郷の町ではよく空を眺めてはＵＦＯを探し求めたものだったが、大都会ではそれすらも怠りがちになった。それでも金曜日ごとに訪れたあのＵＦＯのことだけはけっして忘れることはなかった。

あのときのＵＦＯはどこから来たのか、自分にとってどういう意味があるのかという問いが心のなかでくすぶりつづけていた。どうしてもこのことを解明したい、この問題に対する答えを見つけだすまでは、この地上での生を終えることはできないと思いつづけていた。

5

明歩が語り終えると、その場にいる者はいちように驚いていた。

時遠家の応接室。

ソファの中央に時遠夫人が座り、その両隣に時遠哲と宮前吾郎がいて、哲の横に鳴海真希が控え、向かいのソファに東野明歩が座を占め、明歩に少し距離をおいて明歩の知らない三人の男がいた。

「その話は本当なのか」宮前五郎がバカにしたように言った。つづいて山石という男が、「夢でも見たんじゃないのかね」と言うと、宮前と親しくしている古木が、「幻覚かもしれないよ、ほら、ヤクをやるやつが見るあれさ」とさえ言った。

「あれは夢ではなかったし、ましてヤクによる幻覚というのでもありません」と明歩は冷静に言った。「ぼくはもともと薬が嫌いなんです。風邪をひいても薬を飲むことはありません。頭がボーッとしたり、眠気がおきたりしてからだに変化がおきるのが嫌《いや》なんです。ヤクなんて怖くてぼくには手が出ません。あの夜、時遠会長がぼくの部屋に現れたのは、まちがいのない事実なんです」

「だったら、どうして会長はここへ帰ってこないんだ。キミの部屋を訪れて、ここへ、この奥さんのところへもどって来ないのはおかしな話じゃないか」宮前は嘲《あざけ》るように言った。山石と古木が相槌をうつ。

「会長にはここへもどって来れない、なんらかの事情があるんだとぼくは思ってるんです」明歩は辛抱づよく言った。

「この家に帰れない事情だと?」宮前は幸絵と哲のほうへちらりと目を走らせながら、「その事情とはいったいどんなことかね」と訊いた。

「そこまではぼくにもわかりません」

宮前はふんというように鼻を鳴らした。幸絵はこりかたまったように前方を見つめたまま黙っていた。哲は目を閉じてこの場の話に聞き入っているようだった。真希はなにかを考えるように大きくひらいた目をくりくりさせている。

明歩は悔やんでいた。

あの夜、時遠玄斎が明歩の部屋に出現したことを言えば、混乱や疑惑を招くだろうと思ったのだが、玄斎の失跡にかんして手がかりがない今、この話がなにかの役にたつかもしれない、これをきっかけに新しい進展があるのではとそんな期待をして、迷ったあげく決断したことだった。しかし実際に話してみると、彼らからかえってきた手きびしい反応は予想以上だった。

「仮にその人物が時遠会長だとしてだ、会長はキミにどんなことを話したんだ？」宮前がからかうような目を明歩へ向けてたずねた。

「それがよくわからないんですよ」明歩はとまどいがちに言った。「なにしろ会長はとつぜん現れたものですから、ぼくは気持ちが動揺してよく聞きとれなかったんです。ただわかったことは、この世界を支配する闇の勢力というか、秘密の組織があって、その組織のメンバーがこの日本、いやこの町で、ある計画のもとにひそかな活動をつづけている、そんなくらいのことです」

「それだ」哲が閉じていた目をひらいて言った。「この話は東野くんが東京へ去ってから出たのだから、東野くんは知らないはずだ。それを知っているということは、やはりその夜、東野くんは会長と会って聞いたのかも……」

「その程度の陰謀論なら」宮前がさえぎって言った。「書店に行けばそんな本はいくらでも並んでるし、図書館に行けば読むこともできる。インターネットにも出てるんだ」

また山石と古木が相槌をうつ。哲はなにも言わなかった。それまで黙っていた真希が宮前へ向かって思いきったように言う。「そんな本やインターネットには、この町のことは出ていません」

宮前は真希をじろりと見て、不機嫌そうになにかつぶやいた。山石と古木も鼻白んだようにもぞもぞした。重くるしい沈黙《しじま》が訪れた。

幸絵が大きな吐息をついた。それから明歩へ向かって、「それじゃ訊くけど、そのときの主人の服装はどんなでした？」とたずねた。

「それもよくわからないんですが」明歩はあのときの場面を頭のなかに描いた。「確か茶色っぽいツイードのジャケットに紺のスラックスだったように思います」

明歩を見つめていた幸絵の目が焦点を失ってうつろになり、なにか言いかけて唇をわななかせた。

「あの日、会長が出かけたときの服装と同じなのか」哲は力のない声で言った。

「わかった」と宮前が声を上ずらせて、「あの夜、キミが見たものは……」と言いかけたとき、幸絵がぶるっと身体をふるわせ、がくんと頭を垂れた。頭が小刻みにゆれている。

「東野くん、キミのせいだぞ」宮前が立ちあがって叫んだ。「キミが言おうとしたのは、あの夜キミのところへ現れたのは会長の亡霊だったと……」

幸絵はソファにくずおれて、たまらくなったように嗚咽《おえつ》をもらした。

「あなたこそ黙りなさいよ」と言って真希は突っ立っている宮前をにらみつけた。「あなたのせいだわ」

真希は幸絵に近づいて、いたわるように彼女の背に手をおいた。

「東野くんが悪いんだ」と言い捨てると、宮前は応接室を出ていった。しばらくためらってから、山石と古木も宮前のあとを追う。

「ぼくは……」明歩が真希に向かって言いかけたとき、真希はわかっているというように目で制し、それから幸絵の背へやさしく声をかけた。「東野さんわね、わたしたちとちがって、特別な能力をもっているのよ。ほら、超能力っていうのかしら、これから先起こることを予知したり、遠く離れた場所で起きたことが見えたり、テレパシーで交信したりする能力のことよ。なにしろ東野さんはあんなすばらしいUFOを見たんですもの。そんな能力によって東野さんは会長と会い、会長の話を聞いたんだわ。けっして宮前さんが言ったようなことじゃありません」

真希の話が終わると、幸絵の嗚咽はやみ、肩先のふるえもとまった。

真希はふりむいて明歩へ向かい、グラスの水を飲む真似をし、キッチンのほうを指さした。明歩は立ってキッチンへ行った。流しにはコーヒーカップや湯飲みが洗い桶に入ったままだった。テーブルにミネラルウォーターが入ったペットボトルが置かれている。明歩は戸棚にあったグラスをとりだし、ペットボトルの水を注《つ》いで応接室へひきかえした。

幸絵はソファに起きなおって、ハンカチで涙のあとを拭っていた。明歩はグラスをそっと真希に手渡した。

「東野さんが汲んできてくださったのよ」と真希は言って、幸絵へグラスを差しだす。

「ありがとう」幸絵はグラスを受けとり、それから、明歩のほうへ会釈してからグラスの水を飲んだ。

「ごめんなさいね。先ほどはどうかしてたの。このごろ身体《からだ》の調子がよくなくて……」

「無理もない。階上《うえ》にあがってしばらく横になってはどうかね」と哲が言った。

「きょうはありがとう」と幸絵は明歩と真希に礼を言うと、哲に伴われてゆっくりとした足どりで応接室を出て階段をのぼっていった。

応接室にはふたりが残された。

「先ほどはありがとう。あんなふうに言ってくれて」明歩は心をこめて言った。

「わたしは本当のことを言ったまでよ」真希は率直な口調で言った。

「正直に言って、ぼくには鳴海さんがいうような能力なんかない。ごくふつうの人間なんだ」

そのとおりだった。超能力というものを信じていたし、実際にそんな能力を身につけた人と会ったこともあったが、自分にかぎってはないと思っていた。睡眠時に見る夢は意味がなく、予想したり、期待したことはうらぎられることが多かったのだ。

「いいえ、東野さんはふつうの人間じゃない、特別な人間なのよ。わたしにはわかるんです」

真希は目を輝かせて明歩を見た。明歩は思わず目をそらした。

「あの夜、時遠会長が現れたことだけど……」

「きょうはその話はよしましょう。いずれゆっくり聞くことになると思うわ」と真希は言った。


明歩は吉川家の自分の部屋でくつろいでいた。

バッグを見ると、少しあけておいたファスナーがきっちりと閉まっている。いつものことながら、トミはいったいどういうつもりなのだろうと思ったが、もう気にしないことにした。

昼間の時遠家での出来事が頭のなかにまとわりついている。

明歩があの夜、玄斎と会ったことを話したときの一同の反応ぶりは想定以上だった。時遠夫人にショックを与えたのは心外だったし、宮前吾郎が明歩に対して敵愾心《てきがいしん》をむきだしにしたのにも辟易《へきえき》したのだが、その経緯のなかで真希と心が通じあったことがうれしかった。明歩にとって、もう縁のないものと思っていた青春の血潮がわきたってくるのを感じた。

携帯電話の着信音がした。真希からだ。

「明日、あるところへ連れて行ってほしいの。会長の行方について手がかりが見つかったの」それだけ言うと、真希は電話を切った。

6

明歩はアクアを走らせていた。

隣の助手席には真希が座って前方を見つめていた。きょうの真希は、衿《えり》まわりから裾にかけてフリルをあしらったネイビーのロングジャケットを着て、緊張しているようだったが、期するところがあるらしくその目は鋭い光をたたえていた。玄斎の行方にかんして手がかりが見つかったのだから当然のことかもしれない。その協力を求めた相手が明歩だったことは喜ばしいことだった。

水曜日の昼下がり。真希は仕事をもっているはずだったが、時間の融通がきくフリーランサーをしていると言っていた。

急に真希が額に手をあてて顔をしかめた。

「どうしたんだい?」明歩は真希の顔をちらりと見て訊いた。

「このごろよく頭痛がするの。頭のなかをチクチクと針で刺される感じ。以前はこんなことはなかったんだけど」

　明歩は思い当たった。

「それだ、ぼくもちょうどそんな頭痛がするときがあるんだ。鳴海さんが言ったようにそれこそチクチクと針が刺してくるような痛さだよ。この町へ来てからなんだ」

　真希は返事をせず、頭を抱えこむようにしている。

「頭痛もそうだけど、夢門に来てから変なものを見たり、感じたりして異様な体験をしている。この先なにか恐ろしいことが起こるかもしれない、そんな気がしてしようがないんだ。先日の夜、時遠会長が現れて話したこともそんなことだったと思う」

　真希は黙りこんでいる。まだ頭痛がつづいているのだろうか。

「ほら、見て、あそこ」とつぜん、真希がフロントグラス越しに前方を指さした。ビルとビルのあいだに見える瀟洒なレストラン〈ライムライト〉。就職して間もない同窓会で会った真希と意気投合して、最初のデートのとき食事したレストランだ。

　頭痛を忘れたように真希は、後方へ流れていくレストランを目で追っていた。明歩にもあのときの胸のときめきがよみがえってくる。

　最初のデートから交際がつづいて結婚へゴールするはずだったが、その後明歩は上京することになり、真希は別の男と結婚して、ふたりは別々の人生を歩んでしまったのだ。それが今こうして会っていると思うと、これは現実なのかと疑いたくなる。

「それで、その手がかりっていうのはどんなことなんだい？」明歩は直面している問題にとりかかった。

昨日、知らない男性から電話がかかってきたと真希は言った。その男性は時遠会長が行方不明になったあの日、会長と会ったと言い、そのあと会長はある人物と会ったはずだと話した。名前を訊いても名乗らないまま電話を切ってしまったという。

「それだけかい」明歩はがっかりして言った。「電話をかけてきた男がどこのだれかもわからないようじゃ話にならないじゃないか」

真希に電話してきた男と会って、あの日玄斎とどんなことを話し、その後玄斎はだれを訪れたのか、それを訊きだすことができれば確かに玄斎の行方がわかるかもしれない。しかし肝心の男が……。

「心配いらないわ」真希はこともなげに言った。「電話をかけてきた男の人は会長が失跡したことを知っていたし、わたしの電話番号も知っていた。ということはわたしもその人を知ってるということ。声には聞きおぼえがなかったけど、顔を見ればわかるかもしれないし、名前がわかれば思いだすかもしれない」

真希は前方を見ながら、次の交差点を右に曲がるように指示した。明歩は言われたとおり、交差点の信号が変わるのを待って右へハンドルを切った。

「それで、そのだれかさんを捜して、われわれはどこへ向かってるのかな」明歩は冗談めかしながら皮肉っぽく言った。

今度の交差点を左、と真希はまた指示を出した。その交差点の手前に設けられた横段歩道の前に下校途中の児童が立ちどまっていた。明歩は車を停めた。その児童は明歩のほうへ向かって手をあげ、にこにこしながら横断歩道を通りすぎていった。明歩はアクアをスタートさせ、真希の指示どおり左へ曲がった。

「病院よ、わたしたちが行くところは」真希がぽつんと言った。

「病院だって！　どうして病院なんだ？」

「電話をかけてきた男性は『ちくしょう、師長が来やがった』と言って電話を切ったの。師長が来たと言ったことを考えると、きっと入院患者にちがいないわ」

つづいていた家並みがとぎれ、田畑がめだつようになり、そのあいだに疎林やこんもりとした森が見えてくる。

「たぶん入院患者かもしれない。そうだとしてもいったいどこの病院なんだ。この町には病院なんか掃いて捨てるほどあるんだぜ」

「それがわたしにはわかるの」真希は自信ありげに言った。

真希は本当にわかっているのだろうかと思った。明歩から見れば雲をつかむような話で、真希が目当てにしている病院へ行ってもその男は見つからないだろう。時間のむだだ、徒労だと思ったが、ここまで来た以上真希の言うことにしたがうほかはない。相手が真希なら腹もたたないというものだ。真希と一緒にドライブができることを喜ぶべきだろう。

「わたしの直感はばかにできないわよ」真希が明歩の気持ちを見透かしたように言った。

「そうであってほしいものだ」

昨日時遠家で、真希は明歩のことを超能力の持ち主だと言ったが、明歩はそんな人間ではない。そういう真希こそそんな能力をもっているのかもしれない。そう思うことにした。

家並みと田畑のあいだの道路を走り、疎林をぬけると、ひとかたまりになった民家の向こうに金ぴかの観音像が見えてきた。泊龍成と会うために夢門病院へ行く途中、この観音像を見たおぼえがある。この方角で入院設備のある病院といえば夢門病院しかないはずだ。

「まさか、夢門病院じゃないだろうね」

明歩は真希の横顔をちらりと見た。

「そのまさかよ」真希はけろりとして言った。

どうして夢門病院なのか訊いてみようと思ったが、真希の直感というやつなのだろう。真希がこうして目をつけ、弥富繁が妙な噂がつきまとっていると言った、黒十字とも呼ばれる夢門病院。そして泊龍成が理事長を務めているのだ。この病院にはなにかがあるのかもしれない。

夢門病院に着きアクアを駐車場に停めて、ふたりは玄関からロビーへ入っていった。明歩が泊龍成と会ったときは、直接理事長室へ行ってここは通らなかった。

ロビーには受付、会計、薬局の窓口があり、待ち合いのベンチには数名の患者らしい男女がひっそりと腰かけていた。夢門病院は妙な噂がある割には繁盛《はんじょう》していると、弥富は言っていたが、それにしては患者が少ないと思った。しかし午前の外来診療が終わったこの時間帯ではこんなものかもしれない。

真希はロビーを素通りして奥へ向かってどんどん歩いていく。明歩は真希にしたがう。放射線室、検査室の前を通り、真希はさらに奥へ向かう。病院は増改築を重ね、現在も工事が進行中で通路は入り組んで狭く、なかには行きどまりになっているところもあった。真希はよく知っているらしく迷うことなく進み、立ちどまったのは病棟専用のエレベーターの前だった。ふたりはエレベーターに乗り、三階で降りた。そこは外科病棟だった。

「電話をかけてきた男性は外科の患者さんよ。声が元気そうだったもの。それも退院が間近《まぢか》のね」

と真希は言った。明歩はあいまいにうなずいた。

突き当たりにナースステーションがあり、数名の看護師が忙しそうに働いていた。白い上《うわ》っ張りを着た医師が椅子に座ってカルテを調べている。ふたりが通りがかっても、看護師、医師は見向きもしなかった。ナースステーションの向こうに廊下が通じ、その両側に病室が並んでいる。

真希は明歩をうながし、先に立って廊下を歩きだした。廊下はうす暗く静まりかえっている。

真希はゆっくりと廊下を進みながら、あけ放たれた病室をのぞきこんだり、入り口に掲げられた名札を注意ぶかく見ていた。

「わたしの知ってる顔か、名前が見つかるはずよ」真希が明歩の耳もとへささやいた。

病室は六人、四人、三人用に分かれ空床もめだった。ベッドに横たわった患者の腕に点滴チューブがさしこまれ、別の患者には酸素用のチューブが挿入されていた。ぼんやりと放心したように椅子に座っている患者がいるかと思うと、テレビを食い入るように見つめている患者もいた。

明歩と真希のそばを車椅子に乗った高齢の男性が通りすぎていく。下肢にギブスをあてがった中年の男は、松葉杖をついてやりきれないといった様子でゆっくりと歩いていく。廊下の手すりにつかまりながら老女がよろよろと歩き、その横に娘らしい女性が気づかわしそうにつき添っていた。看護師があわただしそうに小走りに通りすぎていく。足音をたてないのはさすが心得たものだ。トイレの隣の処置室から異臭が鼻をついてくる。

廊下の両側の病室を見てまわっていた真希が、明歩に向かって首を横にふった。やはりと明歩は思った。こんなところにあの目当ての男性がいるはずはないのだ。

真希は廊下の角を曲がった。今度の廊下は片側が個室か二人用の病室で、反対側は窓になっていた。窓から外を見ると、木々が鬱蒼《うっそう》と茂り、木立越しに昼さがりの陽光を反射する溜《た》め池の水面が見え、その先は雑草におおわれた台地が横たわっていた。

真希はひきつづいて熱心な様子で病室をのぞいたり、表札を見てまわっている。明歩は黙ってついていくしかない。半ばあきらめにも似た気持ちを抱きながら、もしこのままなにも見つからなければ真希はどうするつもりだろうと思ったりした。

病室がとぎれて、こぢんまりとしたスペースが設けられていた。そこは面談室らしく、ベンチがおかれ、観葉植物が枝葉をひろげ、飲料の自動販売機が備えつけられている。ベンチには入院患者の家族らしい中年の女性と、少し離れて紺と白の縞《しま》のパジャマを着た初老の男が座っていた。

真希はそこを通りすぎて次の病室へ向かう。明歩も真希のあとをついて行こうとして、ちらりと観葉植物が目に入って足をとめた。とつぜん、現実感が遠のいていく。やさしげな観葉植物の葉が音もなくうごめきだしたかと思うと、怪鳥のようにその葉をばたつかせながら、明歩へ向かって襲いかかってきた。

「やめろ！」と明歩は叫ぶところだった。

気がつくと、観葉植物はもとのまま静かな茂みをつくっていた。頭をふって踵をめぐらし、真希のあとを追おうとしたとき、はっとした。ベンチに座っていた紺と白の縞のパジャマを着た初老の男が立ちあがって、真希の後ろ姿をじっと見つめていた。その目はなにか恐ろしいものを見つけ、それがなんなのか見きわめようとしているように鋭く光っている。

明歩は真希に追いついて彼女の肩をたたき、後ろを見るように合図した。真希はふりかえって見た。だがぽかんとした顔をしている。明歩もふりむくと、先ほどの初老の男の姿はなかった。

「入院患者らしい男性が、妙な目つきでキミをじっと見つめてたんだ」

「どこよ、いないじゃないの」

「あそこだ、あそこにいたんだ」

明歩は先ほどの男が座っていたベンチを指さした。ベンチには中年の女性しかいなかった。

「キミはその男に気づかずにそこを通りすぎた」

そのとき、廊下の向こうの角を曲がっていく紺と白の縞のパジャマを着た男が見えた。

「あの男だ」明歩は走りだした。真希もついてくる。明歩が廊下を曲がると、パジャマの男は足を早めてナースステーションを通りすぎ、その先の廊下を奥のほうへ進んでいく。男の頭頂部が禿げているのが見える。ふたりは追う。思わず小走りになって、ナースステーションを通過しようとした。

「待ちなさい」という甲高《かんだか》い声が聞こえて、中年の看護師がナースステーションから飛びだしてきた。ふたりは立ちどまった。

「あなたたちはここをどこだと思ってるんですか」中年の看護師はふたりの前に立ちはだかって、眼鏡の奥から険しい目で明歩と真希をにらみつけた。悪質ないたずらを見つけた暴力教師のように今にも殴りかかってくるのではと思えるほどの剣幕だった。白いキャップには何本かの横線が入っている。

「林田師長、どうしたんですか」と言いながら男が近づいてきた。林田師長と呼ばれた女性は、その男になにか耳打ちした。「室岡さん、頼みましたよ」と言って、それからもう一度ふたりをにらみつけてからナースステーションへひきかえしていった。

「困るんだよ、キミたち」室岡と呼ばれた男は、ふたりに向かってきびしい口調で言った。

「あ、キミは……」室岡は明歩を見て、驚いた顔をした。明歩はあらためて室岡を見て、先日この病院の理事長室で泊龍成と会っているとき、部屋に入ってきて泊と話しあっていた男だとわかった。あのときと同じ派手なブルゾンを着ている。

「キミの家族か、知り合いが入院してるのかね?」室岡は口調をやわらげた。

「ええ、知人が入院してるもんで。そのお見舞いに」明歩はとっさにそう言った。その知人はなんという人かと訊かれると困ると思ったが、室岡はなにも言わなかった。軽くうなずいただけだった。

「今後は気をつけるんだな、病院のなかを歩くときは、ゆっくり、静かにだ」と言うと、室岡は背を向けゆっくり、静かな足どりで歩いていく。このように歩くのだと、ふたりに手本を示しているつもりらしかった。

ふたりは一階におりて、廊下の片隅に置かれたベンチに座り、明歩が自動販売機で買った缶コーヒーを飲んでいた。

明歩が言った。「キミに電話をかけてきた男は、『師長が来やがった』とうるさそうに言ったらしいが、先ほどの林田師長を見ただろ、そしてキミを妙な目つきで見ていたあの男。これでわかるのは、あの入院患者の男こそがキミに電話してきた当人だということだ。やはり真希さんの直感は正しかった」

さっきは疑ったりしてごめんね、と明歩は詫びた。真希はにっこり微笑んだ。

「あの人の顔がもっと見えたら、だれだか思いだしたかもしれないのに」と真希は残念そうに言った。

「わかってるのは、頭頂部が禿げた初老の男性で、元気そうだということ。キミが言ったように退院が間近かもしれない」

「でもどうしてわたしたちを見て逃げたのかしら。わたしに電話をかけてきておきながら」

「それは……」明歩はコーヒーをひと口飲み、しばらく考えてから言った。「キミと会えば知ってることを話さないわけにはいかなくなり、そんなところを病院のだれかに見られたらおのれの身に危険が及ぶことを恐れたのだろう。またキミをまきぞえにしたくない、迷惑をかけたくないと思ったのかもしれない」

「迷惑だなんて……どんな秘密があるにせよ、時遠会長の安否にかかわることですもの、ぜひ聞きたいわ」

真希はコーヒーを飲んだ。明歩もコーヒーを飲みほした。目の前の廊下を、入院患者とその家族、見舞い客、技師、事務職員たちが行き交っていた。

「あの室岡とかいう人と知り合いなの？」

「いや、知り合いというほどじゃない」明歩は言葉を濁した。室岡のことを話すには、この病院の理事長泊と会って就職を頼んだことを言わなければならない。今はこのことを真希に話すわけにはいかなかった。いずれ話す機会もあるだろう。

真希は飲み終わったふたつのコーヒー缶をゴミ箱に捨て、もとのベンチに腰をおろして言った。

「これからどうすりゃいいのかしら」

明歩もそれを考えているところだった。先ほどの外科病棟へもどって、あの男を捜したいところだが、室岡や林田師長のことを思うとそれはできない。室岡、師長がいなくなる夜ならいいかもしれないが、そんな時間帯にあの病棟をうろつけば、看護師に見とがめられるにちがいない。そうかといって、ナースステーションへ行って紺と白の縞のパジャマを着た患者に会わせてほしいとか、その患者の名前を教えてください、と言えば不審に思われるだけだろう。

明歩はぼんやり考えこんでいた。するとあたりの音が遠のいて、目の前は帷《とばり》がおりたようにうす暗くなった。歩いていた男女が立ちどまり、ベンチに座っていた老女たちが立ちあがって、一斉に明歩をにらみつけた。どの顔も凄《すさ》まじい形相をしていた。次の瞬間、この者たちはわめきたて、両手をふりあげながら、明歩へ向かって襲いかかってくる。

明歩は頭をふって目を閉じた。ふたたび目をあけたときは、襲いかかろうとした者たちの姿は消え、患者、家族、見舞客、職員が行き交う普通の病院の光景がひろがっていた。

そのとき、紺と白の縞のパジャマが目をよぎった。よく見ると、廊下の向こうを歩いていく紺と白の縞のパジャマを着た男の後ろ姿だった。明歩は立ちあがって、あの男だと言って飛びだした。真希もあわててついてくる。ふたりは男の背後へ近づいていった。男はふたりには気づかない様子で廊下の奥へ向かってゆっくりと歩いていく。エレベーターに乗って病棟へもどるつもりかもしれない。男の後頭部の髪の毛はうすくなり、頭頂は禿げあがって茶色がかった地肌が露出している。男は検査室、放射線室の前を通りすぎて狭い通路へ入った。人気はない。声をかけるにはいい機会だと思い、明歩は真希をかえりみた。

男は急にふりむいた。ふたりに気づくと走りだす。明歩と真希は追う。男は通路を左に曲がり、さらに足早に歩いて、今度は右に折れた。ふたりがそのあとを追っていくと、通路に沿った一室に入っていくパジャマがちらりと見えた。そこは小さな礼拝室だった。ふたりもなかへ入った。

ベンチが四列ほど並び、その前に説教壇が立ち、背後には十字架に磔《はりつけ》にされたイエス・キリストの絵画が掲げられていた。部屋の隅の書棚には聖書や賛美歌集、キリスト教関連の書籍が並んでいる。パジャマの男の姿は見えない。

奥のドアがひらいて、牧師らしい男が現れた。

「お祈りしましょうか、それとも……」牧師らしい男はやさしそうにふたりへ声をかけてきた。

「いえ、ぼくたちはここへ迷いこんでしまったんです」明歩はあわてて言うと、真希をうながして出ていこうとした。

「あなたたちは迷える仔羊なのだ」牧師はしかつめらしい様子で言った。「あなたがたは闇のなかを歩いている。その行く手には患難と苦悩が待ちうけているのだ。あなたたちに救いの手をさしのべ、光のなかへ導いてくださるのは、イエス・キリストにほかならない。そのイエスの愛と知恵にみちた言葉がしるされているのがこの聖書なのだ。これを読みなさい」

牧師は書棚から一冊の聖書をとりだし、ふたりの前へさしだした。

「きょうは忙しいんですよ」と言って、明歩はなおも出ていく素振りを見せた。

「それでは明日にでも読みたまえ……ここへ置いておくから」

牧師はその聖書を書棚のいちばん上の棚に置いた。

「わかりました」とごまかして、明歩は真希とともに礼拝室を出た。

「まだこんなところにいたのか」と言う声が聞こえ、室岡が通路をこちらへ向かって近づいてくる。

「帰るところなんですが、なんだか迷ってしまって……」明歩はばつが悪そうに言った。

「玄関はこっちだ」

室岡はふたりについてくるように合図し、先に立って歩きだした。しかたなくふたりは室岡のあとにしたがう。室岡はゆっくりと静かに足を進めていく。

ロビーは外来患者がめっきり減ってがらんとしていた。室岡は立ちどまった。そして黙ったまま、片手をあげて玄関のドアのほうへ指し向けた。

明歩と真希は玄関から出ていった。

7

明歩はおどろいた。

バッグ――。いつもはバッグのファスナーを小指の長さほどあけておくのだが、きょう外出するとき、試《ため》しにファスナーをきっちり綴《と》じ口まで閉めておいたのだ。それがいま見ると、そのファスナーは小指の長さほどあいている。ファスナーを少しあけておくときっちり閉まっており、きっちり閉めておくと少しあいている。トミはどういうつもりなのだろう。ただなんとなくやっていることなのだろうか、それともなにかの意図があるのだろうか。

それだけではない。

先ほどトミはお茶を持ってきてくれたのだが、そのとき久しぶりに息子から電話がかかってきたんですよ。息子の元気な声を聞いてわたしも元気が出てきました、とうれしそうに微笑んでみせたのだ。

「息子さんは何人おられるんですか」明歩はたずねてみた。

「ひとり息子なんです。大阪でサラリーマンをしております」とトミは答えた。

弥富の話では、トミのひとり息子はバッグをひったくった男を追いかけて車にはねられて死んだということだ。ますますわからなくなってきた。

明歩は気持ちをきりかえて、昼間の夢門病院での出来事を考えた。

真希へ電話してきた男からなにも訊きだせなかったのは残念だったが、その男があの病院に入院していることがわかっただけでも上出来だった。いずれ話を聞く機会に恵まれることだろう。

時遠家から連絡は入っていない。会長が帰ってきたり、なにかわかったことがあれば電話すると時遠哲は言っていたのだ。時遠玄斎が失跡してからすでに五日が経過していた。

その玄斎が目の前に立っていた。

蒼白《あおじろ》く無表情な顔をそむけたままふわりと漂っているような様子、茶のツイードのジャケットと紺のスラックスという服装も以前と変わらなかった。明歩が声をかけても返事しないというのも同じだった。

玄斎が語りはじめた。

「日本は美しい国だ。まわりは海にかこまれ、山々は優美な稜線を描き、樹々は豊かな緑をたたえ、めぐりくる四季は多彩な変化をもたらす。

日本人はこの自然に神の霊が宿ると信じ、それと一体になることで生きてきた。礼儀正しくて思いやりがあり、平和を好む日本人の心を育《はぐく》んできたのはこの美しい自然なのだ。

しかしこの素朴な自然崇拝、精霊主義では現代の世界に通用しない。普遍性に欠けるのだ。

日本人に不足しているのは知と考察の力だ。たとえば人類の起源にかんすることや、人間はなぜ存在するのかといったことを考える枠組みが欠如している」

玄斎は口をつぐんだ。

明歩はすかさず質問した。「会長はあの日、夢門病院を訪れてそこの入院患者の男と会って話をしたんですね。その男はなんという名前で、どんな話をなさったんですか？」

玄斎は明歩の言葉を聞いたのだろうか、それとも聞こえなかったのだろうか。いずれにしても玄斎は明歩の質問には答えず語りつづけた。

「人類の起源といえば、ダーウィンの進化論のように人間は猿から進化したのか、それとも聖書にしるされているように神によって創造されたのか。この問題は科学と宗教というパラダイムを超えて現代でも果てしない論争がつづいている。

わたしに言わせればそのどちらでもない。

人類は猿から進化したのではなく、神によってつくられたのでもない。

人類の誕生は進化の結果ではなく、創造されたことはまちがいではない。しかし創造したのは神ではないのだ。

わたしが言いたいのは、多くの人が信じている聖書の神は真実の神ではないということだ。

日本人は本当の神を知っている。そのことを自覚できていないだけのことだ。自覚できていないから知は育まれず、個人は自己確立ができていない。国家としても世界のなかで独立することができないのだ」

玄斎の口調は重々しくもの悲しさを帯びていた。明歩は玄斎の言葉は耳に入らず、やきもきしていた。この機にどうしても訊いておきたいことがあったからだ。玄斎の言葉をかき分けるようにして質問した。

「夢門病院で患者の男の話を聞いたあと、会長は誰かと会ったことはわかってるんですが、いったいその人はどなただったんですか?」

玄斎は言葉を切って明歩の質問に耳を傾けたように見えたが、その口から出たのは明歩への返答ではなく、話のつづきだった。

「それでは人間はなにによってつくられたのか。

わたしとともに学んだことのあるおまえなら、もうわかっているかもしれないが、ここであえて言う。地球人類をつくったのは、エイリアン、ETだ。地球人より進化した地球外知的生命体なのだ。

この説を唱えた者はいくらでもいるが、わたしがもっとも信奉しているのは、ニューヨークタイムズで特集記事としてとりあげられたゼカリア・シッチンの説だ」

明歩は観念した。このまま黙って聞いているよりほかない。そのうち言いたいことを語り終えれば明歩の質問にも答えてくれるのだろう。

「ゼカリア・シッチンは、アメリカの著名な言語学者だが、長年かけてシュメール語を習得し、超古代のシュメールの楔形《くさびがた》文字でしるされた粘土板文書を解読して、人類の創造と地球の秘密を明らかにした。その著書は各国語に翻訳されてベストセラーになった。〈宙の会〉を去ったおまえは忘れたかもしれないから、ここでそのゼカリア・シッチン説を話してやろう。

四〇万年ほど前、まだ発見されていない第十二番目の太陽系惑星といわれるニビルからニビル星人アヌンナキが地球へやってきた。アヌンナキというのは、シュメール文書にしるされた言葉で、〝天から降り立った者〟という意味だ。彼らは人間型《ヒューマノイド》だった。

アヌンナキが地球を訪れたのは、金の採掘のためだ。故郷の星ニビルでは大気と地熱が失われつつあり、それをくいとめるためには黄金の粒子でつくったシールドによって惑星全体をおおう必要に迫られていたのだ。

彼らアヌンナキは、アフリカ、中東、メソポタミアを拠点にして金の採掘を始めたが、操業が本格化してくると、労働力不足に陥った。

そこで彼らはそのころ地球上に棲息《せいそく》していた地球原人の類人猿に目をつけた。しかし類人猿は体力こそあったが、知能が乏しく労働者としては使いものにならなかった。

ニビル星の王アヌの子息に二人の異母兄弟がいた。兄はエンキ、弟がエンリル。二人はともに地球へ派遣され、はじめアヌンナキのリーダーになったのは兄のエンキだったが、あとには弟のエンリルが地球の実権を握るようになった。

リーダーの座を弟に譲ったとはいえ、科学技術にすぐれていたエンキは、労働力不足を補うため、類人猿に彼らアヌンナキの遺伝子を交配して新しい人間をつくりだすことを考えた。エンリルもこの提案を了承した。

三〇万年前、エンキは妻の協力を得ながら試行錯誤のうえ、アフリカに住んでいた地球原人の女性と、アヌンナキのＤＮＡを交配し、遺伝子操作によって新しい人間をつくりだすことに成功した。ホモサピエンスの誕生だ。

〝われわれにかたどりわれわれに似せて人間を創造した〟と聖書にしるされているとおりだ。

そのいっぽうで、アヌンナキは地球人女性とセックスして子供をつくることもした。巨人が人類の女性を妻として子供をもうけた、と聖書にしるされているが、この巨人とはアヌンナキを指している。

遺伝子操作によって新しい人類はふえていったが、それでも労働力不足は依然としてつづいていた。

そこで、エンキは人類に生殖機能を与えた。その結果、人類は加速度的にふえていき、やがて労働力不足は解消されることになった。

慈悲深いエンキは、人類を労働者としてつくりながらも、人類がアヌンナキの遺伝子をうけついでもっている知性と倫理にめざめさせようとした。だが冷酷なエンリルは、奴隷労働者に知性や倫理はじゃまになると言って反対した。それでもエンキは、みずからの意志をつらぬいて人類に知性と倫理を与えた。このことを知ったエンリルは大いに怒り、自分の領域にいた人類をすべて追放してしまった。このことは聖書にアダムとイヴの物語として描かれている。

アダムとイヴは善悪を知る木の実を食べたことによって神の逆鱗《げきりん》にふれエデンの園から追放されたのだ。この善悪を知る木の実は知性と倫理を表しているのだが、この木の実を食べるようにすすめた蛇とは、すなわちエンキのことなのだ。

人類を自分の領域から追放したエンリルだったが、結果として人類の知性と倫理を認めることになった。しかしこれだけは絶対知られてはならない、この秘密はどうしても守らなければならないと厳命したのが生命の樹だった。聖書にもしるされている生命の樹とは、人類だれもがもっている永遠の生命、霊性のことだ。そしてエンリルは、人類にアヌンナキを神として崇拝させ、絶対的な服従を誓わせた。

一万三千年前、地球に大洪水が起こることがわかった。エンリルはこの機を利用して全人類を滅ぼすことにした。エンキは反対したが、エンリルは頑として聞き入れなかった。しかたなくエンキは、ひとりの男ジウスドーラを選んで、大洪水の襲来を知らせ、避難用の船をつくらせた。その船に家族とともに地球上の全生物の遺伝子を積みこませた。

やがて大洪水が地球を襲った。アヌンナキは、宇宙船で火星にのがれ、ジウスドーラの船は高山に漂着して助かった。他の人類はすべて大洪水にのみこまれた。ジウスドーラはノア、船はノアの方舟《はこぶね》として聖書に記載されている。このように聖書はシュメール文書を編纂して出来上がったものなのだ。

ジウスドーラ、すなわちノアの息子にハム、セム、ヤパテがいて、その子孫がふえ全世界にひろがって現在に至っている。なお日本人はセム系の血をひいている。

人類は各都市に居住することが許されるようになり、神であるアヌンナキと人類の仲介者として、人類の王がおかれるようになった。その王を通じてアヌンナキは人類に文明を与えた。最初に王がおかれたのがシュメールであり、そこで高度な都市文明が花ひらいたのだ。

そのいっぽう、アヌンナキはエンリル派とエンキ派に分かれて権力闘争をつづけていた。紀元前二〇三〇年ごろ、その対立が激化して、あげくの果てに核戦争を起こしてしまった。それによりアフリカ、中東、メソポタミアは荒廃した。彼らが宇宙航空施設として建設したギザのピラミッドなどは無事だったのだが。

この核戦争の結果、アヌンナキはすべて地球を去り、故郷の星ニビルに帰っていった。

そのはるかな遠い惑星においても、エンリルたちは、地球は自分たちのもの、人類は自分たちの従属物、奴隷労働者だという考えを捨ててはいない。彼らの代わりとして、地球上で自分たちの遺伝子をもっとも強くうけつぐ者たちに地球と人類の支配を託した。そのひと握りの者たちがアヌンナキの指示にしたがって、地球上のあらゆることをコントロールしつづけ、現在では闇の勢力、秘密組織、陰の世界政府などといわれるようになったのだ。

アヌンナキには鳥ともトカゲともつかない悪魔のような生物が奉仕している。この生物が目に見えない次元で先ほど言った闇の勢力、陰の世界政府の支援をおこなっている。すなわち闇の勢力、陰の世界政府といわれる秘密組織のかげにこの生物がいて、さらにこの生物の糸をひいているのがアヌンナキという構図だ。

おまえたちが現実と呼んでいるのはやつらがつくりだしたものであり、その現実を信じてどっぷりつかっているおまえたち人間はやつらに操られているというわけだ。

やつらの最終目標は、人類の支配をさらに強化してニューワールドオーダーをつくることだ。そこでは人類はまさに奴隷か飼育動物と化してやつらの思うままになるだろう。

先日も話したことだが、やつらのメンバーの要員がこの夢門の町でひそかな活動をつづけている。やつらはニューワールドオーダー建設のための実験の場としてこの町を選んだのだ。その実験は進行している。やがて……」

玄斎は言葉をとぎらせてゆっくりと明歩のほうへ向きなおった。蛍光灯の照明がその顔に翳をつくって髑髏《どくろ》のように浮きたたせた。相変わらず無表情だったが、暗い目が熾《おき》のように燃えて、明歩の頭上をこえた後ろの壁あたりを見すえている。明歩は質問するときは今だと思ったが、声が出なかった。

「わたしはあの日、問題の人物に会った。真偽のほどを確かめたいと思ったからだ。しかし……」玄斎はなおも言いかけたが、唇がわなないて言葉にならず、その代わりに荒い息がもれ、うめくような声を発した。片手をあげて明歩のほうへさしのべようとしたが、足もとがよろめいて身体《からだ》が大きく傾いた。

「どうしたんですか」と明歩が声をかけたとき、玄斎の姿は輪郭を失って溶けるように消えていった。

携帯電話が鳴った。真希からだ。

「わかったわ」真希は声を上ずらせて、「昨日、夢門病院から帰って、古い会員名簿を調べてみたら、病室の名札に出ていた名前が見つかったの。皆渡義信《かいとよしのぶ》さんよ。珍しい名前でしょ、だからおぼえてたわけ。早速電話してみた。皆渡義信さんの娘さんが出て、訊いてみると、お父さんは以前〈宙の会〉の会員だったそうよ。お父さんと話がしたいと言うと、するとどうでしょう、お父さんは入院してるって言うじゃない。それも夢門病院。しかも外科病棟。そして紺と白の縞のパジャマを着て頭頂部が禿げてるんだって」と一気に言うと息をあえがせた。

「すると、こういうことかい」明歩は興奮をおさえて言った。「夢門病院で見た、あの紺と白の縞のパジャマを着た男性は皆渡義信という名前で、真希さんに電話してきたのも、また会長があの日会った人物というのもこの皆渡義信さんということだね」

「そうなのよ」真希は息を整えて言った。「いまは〈宙の会〉はやめてるけど、会長との個人的な交際はつづいてたそうよ。会員のときは研究会や集会にはほとんど顔を出してなかったそうだから、わたしが病院で名前を見たときも、あの人を見かけたときも気づかなかったってこと。皆渡義信さんがわたしの電話番号を知ったのもこの会員名簿だったかもしれない」

「こんど病院へ行くときは、皆渡さんのお見舞いに来たっておおっぴらに言えるな。それでいつ行く？」

「明日よ。それも早いほうがいいわ。皆渡さんは明日の午前中に退院なさるそうだから」

8

「皆渡さんがぼくたちにつつみかくさず正直に話してくれるといいんだが」

アクアを運転しながら明歩が言った。夢門病院で明歩と真希を見て逃げていく皆渡義信の姿が頭をよぎる。時刻は午前九時を過ぎたところだった。

「だいじょうぶ。会長夫人やわたしたちが会長のことをどれほど心配してるか、そうよ、そのことをわたしたちが心をこめて話せば、皆渡さんなら、きっと……」助手席に座った真希が目を輝かせている。心からそう信じているようだった。

明歩は皆渡のこともさることながら、昨夜玄斎が出現したことを話そうかどうか迷っていた。他の人間ならともかく、真希なら真剣に聞いてくれるはずだ。最初に玄斎が出現したことを話したとき、宮前吾郎や山石などはまともにとりあおうとはしなかったが、真希は明歩には超能力があり、そのテレパシーで玄斎と交信したのだと言ってくれたのだ。だが自分に超能力があるとは思っていない。あのＵＦＯを見たのは五感のこの目だった。けっして超能力といったものではなかった。玄斎の出現はこの目で見たとは言いきれないところがある。やはり真希が言うようにテレパシーによる交信だったのだろうか。今はなんともいえないが、そのうちわかるようになるのだろうと思った。いずれにしても、今は皆渡のことで頭がいっぱいな真希にこの話はやめておいたほうがいいだろう、また機会をみて言えばいいのだ。

夢門病院に着いてアクアを駐車場に停め、ふたりは病院のなかへ入った。どこの誰かもわからない男を捜しまわった昨日とはちがって、きょうは胸を張って歩いた。エレベーターに乗って三階で降り、ナースステーションの前に立つ。ナースステーションのなかでは数名の看護師が投薬の点検をしたり、点滴の準備をしたり、カルテの記入をおこなっていた。師長の姿はなかった。

「皆渡義信さんに会いたいんですが、何号室ですか？」

明歩は看護師たちに向かって声をかけた。看護師たちは一斉に明歩のほうを見た。だがだれも返事をしない。聞こえなかったのかと思い、もう一度、皆渡さんは何号室ですかと訊いた。

「皆渡さんは退院なさったんです」若い看護師がカルテへ顔をもどしながら言った。

「知っています。だから来たんですよ。午前中に退院ということですからまだ病室にいるはずです」と明歩は言った。

看護師はそれぞれの仕事をつづけ、返答をしようとはしない。

真希がいらだった様子で、「皆渡さんは何号室ですか」と声を張りあげた。

「八号室です」点滴の準備をしている看護師がつっけんどんに言った。

ふたりは八号室をめざして廊下を歩く。

点滴をうけながら患者が横たわっているストレッチャーが通りすぎていく。ストレッチャーを押している看護師が妙な目つきで明歩と真希を見ていた。

廊下の曲がり角の手前が八号室だった。病室の表に掲げられた名札には皆渡義信の名前が出ている。真希は昨日のことを思いだしたらしくうなずいていた。

ふたりはドアをあけて入った。そこは四人部屋だった。三つのベッドはカーテンが閉めきられ、奥の窓際のベッドだけはカーテンがあいていた。そのベッドへ行ってみると、枕元の上に皆渡義信と書かれたプレートが見えた。だがだれもいない。ベッド、寝具は整えられ、ベッドの周辺もきれいにかたづいて、バッグ、手提げの紙袋などが床の上に置かれていた。昨日見た紺と白の縞のパジャマが紙袋からのぞいている。やはりまちがいはない。しかし当の皆渡義信は……。

「その辺にいらっしゃるのかも」真希が小声で言った。

ふたりは八号室を出て廊下を歩いてみた。皆渡はどこにもいない。昨日皆渡を見かけた面談室へも行ってみたが、そこには誰もいなかった。訊いてみようと思っても、通りがかる看護師もいない。ふたりは八号室へもどった。やはり皆渡のベッドには誰もいなかった。

「ちょっとすみません」明歩が隣のカーテンに向かって声をかけた。カーテンがひらいて、なかから付き添いらしい中年の女性が顔をのぞかせた。ベッドにはやせこけた老人が眠りこんでいた。

「ここの皆渡さんはどこへいらしたのかご存じないですか」と明歩がたずねた。

「お身内のかたですか？」女性は明歩と真希を交互に見ながら訊きかえした。

「いいえ、知り合いの者です」明歩が答えた。

「それがね、皆渡さんはどこへ行かれたのかわからないんですよ。先ほど娘さんがいらしてあちこち捜しまわられたようですけど、どこにも見つからないんですって」

明歩と真希は顔を見あわせた。

「いつごろですか？　皆渡さんがいなくなったのは」

「朝食がすんでまもなくです。退院の準備は昨日からなさってたから」

いまは一〇時を過ぎている。皆渡がいなくなってからかなりの時間が経過していることになる。明歩の胸は騒いだ。真希も怪訝そうに首をかしげている。

「なにかあったんですか？」

「いいえ、別になにもありませんでした。ふだんどおりです。皆渡さんはきょうの退院を喜んでいるご様子でした。それなのに……」

ふたりはその女性に礼を言って病室を出ると、ナースステーションへ行った。ナースステーションには先ほどいた看護師たちの姿はなく、別の看護師がひとり、カルテをのぞきこんでいるだけだった。

「八号室の皆渡さんはどちらへ行かれたんですか？」と明歩が問いかけると、その看護師はカルテをのぞきこんだまま、「病室にいませんか」と言った。

「いないから訊いてるんです」明歩は少し語気を荒げた。看護師は顔をあげて明歩を見た。「皆渡さんは退院なさったんです。わたしたちにはもう……娘さんに訊いてください」と冷ややかに言った。

「娘さんはどこにいるんですか？」

「知りません。たぶん一階の受付じゃないんですか。退院の手続きがありますから」

明歩と真希は念のため八号室へひきかえしてみた。やはり皆渡義信も娘もいなかった。ふたりはエレベーターに乗った。

「どうしたんだろ、皆渡さんは」明歩は力なく言った。真希は気づかわしげに眉をひそめて黙りこんでいる。行方不明の時遠会長のことや、この先なにか恐ろしいことが起きるという不吉な予感が胸のなかでうずまいて動悸が激しくなってきた。

「娘さんに訊けばわかるはずよ。なにも心配することなんかないわ」真希は明るさを装って微笑んでみせた。皆渡の娘は〈宙の会〉の会員ではないが、ときおり講演会や集会に参加することがあり、顔を見ればわかるはずだと真希は言う。

一階のロビーは、午前中とあって大勢の外来患者がベンチに座っていた。ベンチ、受付、会計のカウンターを見てまわったが、皆渡の娘らしい女性は見つからない。

ふたりはロビーの奥へ向かった。放射線室を通り、その向こうにある喫茶店をのぞいてみたが、そこにもいなかった。さらに奥へ進んで昨日皆渡が入っていった礼拝室を見たが、そこに人気はない。

「ぼくはもう一度八号室をのぞいてみるよ。真希さんは待合室あたりにいてくれないか」そう告げると、明歩はエレベーターに乗り三階へあがり、八号室へ行ってみたが、やはり皆渡の親娘はいなかった。一階へもどろうとしてナースステーションの前を通りかかると、なかにいた林田師長があわてて奥へ姿を消した。

明歩はますます募ってくる不安と闘いながら、これからどうすればいいのだろうと考えた。

そのとき室岡の姿が目に入った。エレベーターを一階で降りたところだった。

「室岡さん」と明歩が呼ぶと、ふりかえった室岡は明歩を見て嫌な顔をした。

「この病院はどうなってるんですか。入院患者がいなくなるなんて」今度は明歩が詰問《きつもん》する番だった。

「なんの話かね」室岡はとぼけたように言った。

「入院患者の皆渡さんですよ。ぼくの知り合いなんですが、きょう来てみると病室にもどこにもいないんですよ。看護師に訊いてみたら知りませんの一点張りじゃないか」

「皆渡さんか」室岡は知っていたらしく軽くうなずいて、「皆渡さんならもう退院したんだ。皆渡さんがどこへ行こうとわれわれの知ったことじゃない」とうそぶくように言った。

「いいえ、退院はまだです。確かに午前中に退院の予定のようだけど」

「退院の手続きはすんでるんだぞ」室岡はぴしゃりと言った。「それに私服にも着がえていた。退院を喜んでかねて行きたいと思ってた所へ出かけたんじゃないのかね。祝杯をあげてうまいもんをたらふく食ってとか……」と言い捨てて、室岡はその場を去ろうとした。その背へ向かって、「荷物が病室に残ってるんですよ」と明歩は言ったが、室岡はふりむきもせず、片手をあげて明歩の言葉をふりはらうような真似をして廊下を遠ざかっていった。

ロビーへ行ってみると、外来患者はさらにふえているようだったが、ひっそりとして話し声も聞こえてこない。係員が患者を呼びだしたり、患者や家族に説明する声がいやに耳をついてくる。会計の電光掲示板の番号が変わるたびに患者やその家族が自動支払機へ立っていく。

真希の姿は見えず、皆渡の娘らしい女性もいない。もう一度喫茶店をのぞいてみようと思った。二人はそこで話しあっているのかもしれない。

ロビーから通路へ出て奥へ向かう。明るかったロビーにくらべ通路は狭くうす暗い。天井を這う黄色く塗られた太いパイプがのしかかってくるようだった。通りがかった職員の投げかける影が妖魔のようにコンクリートの壁をよぎっていく。

パジャマを着てやせ細った初老の女性が、おぼつかない足どりで明歩の前を歩いている。明歩が追いぬこうとしたとき、その女性の髪の毛が一斉に逆立ち、全身に痙攣が走った。女性はふりむいた。深いしわが刻まれたその顔はなにかに打ちたたかれたようにひきつり、目は怒気を含んで燃えあがって、いまにも大声で叫びだしそうに口が大きくあいていた。口のなかには蛇のように舌がうごめいている。明歩は壁に背を張りつけて凍りついていた。女性はうなり声をあげながら両手を振りかざして明歩へ襲いかかってくる。明歩は思わず叫び声をあげそうになった。

明歩が気づいたときは、その女性は明歩の前をよろめくような足どりでゆっくりと歩いていた。明歩は頭をふると、初老の女性を追いぬいていった。

喫茶店にも真希、皆渡の娘らしい女性はいなかった。真希までもどこへ行ったのだろうと思った。そのとき、横合いの通路から出てきて、明歩とは反対のほうへ歩いていく女性が目に入った。軽やかな足どりだった。まだ若い。患者ではない。職員でもない。髪型をマッシュショートにし、グレーのコットン花柄のチュニックワンピースを着て、色が白く華奢なからだつきで、後ろ姿だけでよくわからないが、清楚でつつましい、そんな印象をうけた。手にはなにも持っていない。この女性が皆渡の娘だと思った。確信があるわけではなく、なんとなくそう感じただけだが。女性はロビーのほうへ向かって歩いていく。足さばきは軽やかだったが、伏し目がちでなにかを考えているようだった。そうかと思うと、急に顔をあげてあたりを見まわしている。

明歩はその女性のあとをついていった。いっそのこと声をかけてみようと思った。横手の通路から室岡が近づいてくるのが見えた。明歩は立ちどまって室岡を待った。彼には訊きたいことがある、言いたいこともある。室岡は明歩に気づくと、用事を思いだした様子で踵をめぐらしひきかえしていった。

明歩は先ほどの女性を追った。明るいロビーの照明がさしこんでくるあたりの通路で、その女性はだれかと立ち話をしていた。相手は真希だった。やはり皆渡の娘だったのだと思いながら、二人のほうへ歩みよっていった。皆渡の娘らしい女性の憂いをおびた声が聞こえてきた。

「父はどこにもいないんです。あちらこちら捜しまわったんですけど」

皆渡義信の遺体が発見された、と真希が携帯電話で知らせてきたのは翌日の午前一〇時ごろだった。

9

「あそこよ」

　真希が指さした。明歩がそのほうへ目をやると、昼下がりの陽光を反射している溜め池の水面が木立越しに見えた。夢門病院の裏手から雑草のあいだの小道を通り、疎林をぬけて崖ぶちに出たところだった。崖ぶちから古びた木の階段がおりて、溜め池のほとりに至るのだが、階段口には立ち入り禁止の掲示が張りだされていた。

「皆渡さんはこの階段の下の近くに倒れてたんだって。そこの水たまりに顔を突っこんで窒息したらしいの。娘の千歳《ちとせ》さんから聞いたことなんだけど」

　皆渡千歳は、けさ早く警察から呼び出され、ここで死んでいた男性が父の義信と確認したあと、警察官から説明をうけた。現場検証の結果、衣服の乱れや争った形跡がないこと、不審者を見たという目撃情報もないことをあげて事件性はないとし、皆渡義信は階段をおりる途中、足を踏みはずして転落し、意識を失ったまま水たまりの泥に顔を突っこんで窒息死した、あるいは崖から飛びおりて自殺したのかもしれない。いずれにしても事件性はないのだから解剖の必要もないと警察は断定したと言う。

　千歳は父が自殺するはずはないし、本当に事故だったのかと思ったが、警察の言うことにしたがうほかはなかったということだ。

「警察は事なかれ主義だからな。事故や自殺としてかたづけたがるんだよ。事件ともなれば捜査しなけりゃならなくなって面倒なことになる。犯人が見つかりゃいいんだが、そうでないときは自分たちの無能ぶりが明らかになるんだ」

　明歩は警察に対する怒りがおさまらなかった。真希もそうだろうが、皆渡義信は何者かによって殺害されたという確信をもっていた。

　明歩と真希はその場を去って、裏口から病院へ入っていった。

　ロビーへ行くと、総合受付の女性は、明歩と真希を見て顔をそむけた。病院側は皆渡が退院手続きを済ませていたこと、私服に着がえていたことをあげて、皆渡の死とはいっさいかかわりがないという態度を変えなかった。

　ふたりは喫茶店へ入った。

　皆渡の死にかんして病院へ苦情や抗議を言うつもりはなかったが、この病院を去りがたいという気持ちでふたりは一致していた。明歩はコーヒー、真希は紅茶を注文した。

「ところで皆渡さんは、どこが悪くて入院してたのかな」明歩は訊いてみた。

「それだわ」真希は思いだしたように言った。「皆渡さんが外出したとき、転倒して動けなくなって、近くにいた人が救急車を呼んで市民病院へ搬送されたの。大腿骨骨折《だいたいこっ》ということでその病院で治療をうけ、あとはリハビリだけになったところで、皆渡さんはこの夢門病院への転院をつよく望んだそうよ。せっかくそこまで治療してもらったんだから、リハビリだってその市民病院でやってもらうのが普通ってもんでしょ」

「やはりここだ。この病院に問題があるんだ」明歩は勢いこんで言った。「この病院にかかわることで皆渡さんは殺害されたんだ。警察なんてあてにできっこない。ぼくらの手で犯人をつきとめてやる。そうすることで会長の行方もはっきりわかってくる。どうしてもやってやる」明歩は力をこめて言った。

真希がにっこり微笑んで言う。「東京へ行って少しは変わったと思ったけど、ぜんぜん変わっちゃいないのね」

「変わっちゃいないのは、キミも同じだよ。結婚したと聞いてたけど」

「あんなものが結婚っていうのかしら」真希はそっけなく言った。

「あれは過《あやま》ちだった……」真希はつぶやいた。それから急に明歩のほうへ目を向けて、「でもやり直しはできるはずよ」と言った。

「もちろん」明歩は真希の熱い視線をうけとめて言った。「人生に誤りはつきもの。人は誤りをとおして学び成長していくものなんだ……。ぼくの上京も失敗だった。この町へ帰ってやり直そうと思ってるんだよ」

ふたりは見つめあった。明歩はもっとなにか言わなければならないような気がしたが、皆渡の死の直後だけに今はその時期ではないと思った。明歩はコーヒーをすすった。真希はため息をついて紅茶を口に含んだ。

「ところで、時遠会長は行方不明になったその日、皆渡さんの話を聞いたあと、だれかに会いに行くって言ったそうだが、そのだれかとはこの病院にかかわりがある人物かもしれないね」

明歩がこの病院で知っている人間といえば、室岡、林田師長、それに泊龍成……だがこの病院には明歩が知らない多くの人たちがいるのだ。

皆渡が死んでしまってはこれ以上の進展は見こめない。千歳は父からなにも聞いてはいないと言うし、手荷物や私服のポケットからはメモや手帳、日記帳といったものも見つかっておらず、携帯電話は所持していなかったということだ。

「皆渡さんが時遠会長に話したこと、それに会長が会った相手というのはいずれも陰謀論にかかわりがあるのかもしれない」

明歩は、一昨夜会長が出現して語ったことを話した。真希は宇宙人陰謀論のことはすでに知っていたが、この町にやつらのメンバーがいて、夢門の町がニューワールドオーダーの建設のための実験の場となっている、という話には驚いていた。だがその話を疑うようなそぶりは見せなかった。

「ぼくがこの町でなにかが起こりつつある、この先恐ろしいことが起きると感じたのはまちがいじゃなかったということだ」

「会長が会った相手というのが、闇の秘密組織のメンバーというわけね」

「そうだ。そしてその人物は、この病院にかかわりがあるということだな」

ふたりはうなずきあった。

明歩と真希は喫茶店を出て、病棟へ向かう。皆渡のベッドの隣の患者に付き添っていた女性に訊けば、なにかわかるかもしれないと明歩が提案したのだ。

ふたりは階段をあがった。エレベーターを利用して、皆渡が入っていた八号室へ行こうとすればナースステーションを通らなければならず、階段を使えばそうならないですむと思ったのだが、結局は同じことで、やはりナースステーションの前を通らないわけにはいかなかった。

「びくつくことなんかないわ。なにも悪いことはしてないんだから」真希が力づけるように言った。

「そうだったな」明歩は苦笑した。

ナースステーションの前を通ると、二人の看護師がナースステーションにいたが、二人とも仕事にとりかかっていてこちらには見向きもしなかった。

ふたりは八号室へ入った。

皆渡がいた奥のベッドは空床になっていた。明歩はその隣の閉めきられたカーテンに向かって、ちょっとすみませんと声をかけた。カーテンがひらいて、先日言葉を交わした中年の女性が姿を現した。

「皆渡さんの知り合いの者ですが、皆渡さんのことで少しおたずねしたいことがありまして」明歩は丁重に言った。

その女性はふたりをおぼえていたらしく、「先日のかたね」と言って、それからベッドに横たわっている老人の耳もとにささやいてから、出てきてカーテンを閉めた。

女性はふたりの先に立って廊下を歩き、面談室へ入ってそこのベンチに腰をおろした。明歩と真希は女性と向かいあって座った。三人のほかには誰もいない。

「皆渡さんはお気の毒でした」と女性は言った。

真希が自動販売機を見やりながら、飲み物でもいかがですかと訊いた。

「いいえ、けっこうです」と女性は断り、明歩へ向かって言った。「皆渡さんのことで訊きたいことってなんでしょうか？」

クリップボードを持った看護師が通りすぎるのを待って、明歩は言った。「皆渡さんは入院中なにか言ってませんでしたか？」

「別になにも。皆渡さんは無口なかたで、挨拶《あいさつ》とか必要なこと以外はなにもおっしゃいませんでした。いつもなにか考えているようなご様子でした」女性は率直な様子で答えた。

「どなたか皆渡さんを訪ねてきたかたはいませんでしたか。誰かと会っているところを見かけなかったですか？」

「いいえ、娘さんとあなたがただけです。そのほかはどなたもお見かけしていません。もっともわたしが見たかぎりのことですけど。わたしが知らないときにどなたかが訪ねてきたり、どなたかとお会いになっていたかもしれません。ナースステーションでおたずねになってはいかがですか」

明歩と真希は顔を見あわせて黙りこんだ。

「どうしてわたしにそんなことをお訊きになるんですか」女性は遠慮がちに問いかけた。

「実はですね」明歩はためらいがちに言った。「警察は、皆渡さんが自殺したとか、足をすべらせて転落したとみてるんですが、ぼくたちはどうも納得がいかないんですよ。それで……」

「警察はそんなことを……」女性は驚いて声を上ずらせ、それから信じられないというように首をかしげた。「あの日、皆渡さんは退院の準備をすませて娘さんが来るのを今か今かと待ってらしたんです。それなのにあんなところへわざわざ出かけるはずはないと思いますよ。それに自殺だなんて、そんな……」

明歩はもっとほかに訊くことはないかと思ったが、とっさには思い浮かばない、真希を見ると、彼女も考えをめぐらせている様子でなにも言わなかった。

女性は明歩と真希を交互に見ていたが、「あなたがたのお役にたちたいとは思いますが、わたしが知っていることはすべて申しあげました」と言うと、立ちあがって病室のほうへ歩み去っていった。

ふたりがエレベーターで一階へおりて通路を歩きながら、これからどうしようかと話しあっているときだった。

「おまえたち」と言いながら室岡が近づいてきた。「おまえたちはなにを嗅《か》ぎまわってるんだ」

室岡は苦《にが》りきった表情を浮かべてふたりをにらみつけている。

「なにも嗅ぎまわってなんかいません」明歩はおだやかに言った。

「皆渡さんは確かに気の毒だった」と室岡は表情を和らげたが、また口調を険しくさせて、「しかし皆渡さんの死とこの病院とはいっさいかかわりはないんだ。このことはおまえたちにもわかってるはずだぞ」

「しかしですね」明歩が言いかけると、「それじゃ訊くがな」と室岡はさえぎっておっかぶせるように言った。「おまえたちは皆渡さんの身内なのか」

明歩は首を横にふった。

「身内でもない者がよけいな詮索《せんさく》だてはやめるんだな」

室岡は目をいからせて凄んでみせた。明歩はこれ以上この男とかかわりたくなかった。真希をうながしてその場を去ろうとした。

「どこへ行くんだ？」

「帰るんですよ」

「よかろう」

ふたりは玄関へ向かった。室岡があとをついてくる。ロビーを横ぎり、「二度と来るんじゃないぞ」と言う室岡の声を背中で聞いて、ふたりは玄関ドアから出ていった。

あたりは夕闇がたちこめていた。駐車場へ入っていくと、すべりこんできた乗用車のヘッドライトが明歩の目を射た。そのとき明歩の頭のなかで閃光が走り、歯車がくるくるとまわった。やがて歯車がとまって回路がひらけた。

とつぜん、明歩は真希の手をつかんで駆けだした。真希がおどろいてどこへ行くのと叫んでいる。

「どこかに出入り口があるはずだ」

病院の横手へまわると、夜間専用の出入り口が見つかった。ドアをあけて入っていく。守衛室には誰もいない。ふたりは狭い通路を通って奥へ向かう。真希の手を握ったままだった。真希も手を放そうとはせず、いったいどこへ行くのと言いつづけている。

明歩が立ちどまったのは、礼拝室の前だった。真希がいぶかしそうになにか言いかけている。明歩はドアをあけて足をふみいれた。室内は暗かったが、廊下からの灯《あか》りが窓からさしこんでなかの様子がわかってきた。四列のベンチ、説教壇、キリストの磔刑図《たっけいず》、オルガン、書棚……。

明歩は真希の手をはなすと、まっすぐ書棚へ近づいていく。「どういうつもりなの」と言いながら真希もついてくる。明歩は迷うことなく書棚のいちばん上の棚へ腕をのばした。そしてとりだしたのは聖書だった。紺と白の縞のパジャマを着た皆渡義信らしき人物を追って、この礼拝室へ入ったとき、現れた牧師が明歩に読むようにすすめた布クロス張りのあの聖書――。

「あなたに信仰心があるとは知らなかったわ」真希があきれたように言った。

「ちがうんだ」

明歩は熱心な様子で聖書をひらいてページをぱらぱらとめくっていく。かび臭《くさ》い匂いが立つ。ページは黄ばんでいたり、ところどころ破れ目がある。明歩の手がとまった。大きな息を吐いている。ページのあいだから、二つ折りにした真新しい一枚のメモ用紙が出てきた。

「あったぞ!」明歩は声をはずませた。そしてそのメモ用紙を窓からの灯りにかざして食い入るように見つめている。手がふるえ、よし、よしとつぶやきながらうなずいている。

「わかった」と明歩は力強く言うと、そのメモをポケットにしまった。なにがわかったの、と言う真希の手をつかんで礼拝室を出た。人気のない通路を足早に歩いていく。さっきのメモはなんだったのとまた真希が訊いた。

「ここを出てからだ。室岡に見つかるとうるさい」明歩はそう言っただけだった。ふたりは夜間専用の出口から外へ出て、駐車場に停めておいたアクアに乗りこんだ。

「ぼくの思ってたとおりだった。皆渡さんがぼくたちにメッセージを残しておいてくれたんだ」

明歩は熱っぽい口調で助手席に座った真希に言った。「あの日、皆渡さんはぼくたちから逃れてあの礼拝室に入りこんだ。ぼくたちが皆渡さんを追ってここへ入ったときには、あのあたりのベンチの陰に隠れてたんだろうな。牧師が現れてぼくたちにあの聖書を読むようにすすめた。それを皆渡さんは身をひそませながら聞いてたんだ」

真希は軽くうなずいて話のつづきをうながす。

「皆渡さんは、ぼくたちが牧師にすすめられてあの聖書を読むとは思わなかっただろうし、まさか自分が死ぬとも思わなかったのだろうが、もしかしたらという予感があったのかもしれない。そのときぼくたちにメッセージを伝える方法を考えたんだ。つまり、ぼくらに牧師が聖書を読むようすすめるところを、皆渡さんがベンチの陰で聞いてたことをぼくらが知ってるはずだと思った皆渡さんは、その聖書にメモをしのばせておけば、自分の身になにかが起きたとき、ぼくらがあの場面を思いだし、皆渡さんがなにかメッセージを残しているのではと思ってこの聖書を調べるだろう、そしてこのメモを見つけだしてくれるだろうとそう考えたということだ」

「なるほど、そういうこともあるかもしれないわね」真希は感心したように言った。

明歩は話をつづける。「皆渡さんはこの方法を使えば、何事もなかったときには、いつでもメモを回収することができるし、自分の身にも危険は及ばないと思ったのだろう。ぼくたちのほうもこのことに気づかなければそれでよし、まきぞえにしなくてすむ。気づくかどうかは運命にまかせよう、それこそ神の手にゆだねようというわけだ」

真希はうずうずした様子で明歩のジャケットのポケットを見ていた。明歩はおもむろに先ほど聖書からとりだしたメモを、ポケットからつかみだして真希の前にひろげた。

そのメモ用紙には、男の立像が鉛筆を使い巧みなタッチで描かれていた。男は黒い長髪をオールバックにし、彫りの深い目鼻だちで丈の長い白いローブをまとっていた。その特徴ある風貌と服装を見て、明歩はすぐ思い当たったが、いま見なおしてみてもその確信に変わりはなかった。

「この人はいったい誰なの?」真希は男の絵から顔をあげて、明歩を見た。

明歩はつばをのみこんで言った。「泊龍成だよ」

「泊龍成?……もしかしてこの病院の……」

「そうなんだ。夢門病院の理事長、泊龍成だ。この絵を見てすぐにわかったよ」

真希は大きな吐息をついて、また男の絵を見なおした。

「泊龍成は一時期〈宙の会〉に入っていた。研究会や集会で一緒になったとき、話しあったことがあるんだ」

「思いだしたわ。何度か見かけたことがある。あの人がここの理事長になってるとはね」

男の絵を見つめつづけていた真希が「これは」と言って指さした。メモ用紙に描かれた男の絵の背後には、鳥ともトカゲとも見分けのつかない生物が描きこまれ、そして男の胸もとには、紋章のようなシンボルマークがくっきりと浮き出ていた。よく見ると、それは三角形にかこまれた片眼がすべてを見透かすように鋭く光っているという構図だった。明歩は時遠会長が出現して語った言葉を思いだしていた。

明歩は言った。「この鳥ともトカゲともわからない生物、それからこの三角形のなかの片眼――真希さんならわかるはずだ」

真希はわかったというように大きくうなずいてみせた。

「つまりこういうことだ。あの日、皆渡さんから話を聞いて会長が会ったという人物はこの泊龍成。しかも泊は闇の勢力、陰の世界政府とかいわれる秘密組織の日本メンバーというわけだ」明歩は確信にみちた口調で言った。

なおも男の絵を見つめていた真希が顔をあげて明歩を見た。

「わかるよ、真希さんの気持ち。この絵を描いたのは本当に皆渡さんなのかって言いたいんだろ」

明歩はしばらく考えてから言う。「この絵を皆渡さんの娘の千歳さんに見てもらおうじゃないか。千歳さんならこの絵の描き手がお父さんかどうかわかるはずだ」

「そうね」真希がにっこり微笑んだ。「わたしが千歳さんに会ってこの絵を見てもらうことにするわ。わたしのところから彼女の家はそんなに離れてないから」

「早いほうがいい」

「今夜よ」


「時遠会長、出てきてください」

明歩は部屋の中央あたりの空間へ向かって声をかけた。これまで玄斎が二度出現した空間だった。部屋のなかはしんとして、廊下側の襖に描かれた可憐な草花が蛍光灯の灯りに浮き出ていた。玄斎が現れる気配はない。

明歩はその空間に向かって語りかけた。「あの日、会長は皆渡義信さんと会って、泊龍成が闇の勢力の一員であることを知った。皆渡さんはこのことがどうしてわかったのかはわかりませんが。もしかして皆渡さんは特殊な能力をもっていて、その能力により、泊龍成にとりついている鳥ともトカゲともつかない生物を見たのかもしれません。会長は皆渡さんから聞いた話が本当かどうか確かめるために泊に会った。そういうことでしょ。その結果はどうだったんですか？　それからなにがあったんですか？　ぼくはそれが知りたいんです」

明歩は話しかけながら目の前の空間を見つめていたが、玄斎が現れることはない。現れたとしても明歩の質問に答えてくれるどうかわからないのだが。

携帯電話が鳴った。真希からだ。

「いま千歳さんと会って、あのメモを見せて話を聞いたところなの」と真希は声をはずませた。「皆渡義信さんの趣味は美術鑑賞なんだけど、絵もよく描いていて、メモの絵と義信さんのタッチはよく似てるそうよ。それに同じメモ用紙が手荷物のなかにあったって言ってるわ。それから」真希は息をついて言葉をつづけた。「あのときは気づかなかったけど、あのメモの右下に小さな文字で『春雪』と書かれていて、それは義信さんの雅号だっていうじゃない。これではっきりしたわ。このメモを書いたのは皆渡義信さんにまちがいないってことよ……あなたの推理は正しかった。疑ったりしてごめんなさい」

「いや、そんなことは……ありがとう」明歩は千歳さんによろしく伝えてくれ、と言って電話を切った。

当面の問題は解決して安堵感に包まれたが、しかしこれは始まりにすぎないのだと思った。そのとき、ある意思が、ある決意が心の片隅にめばえ、それは打ちこまれた楔《くさび》のようにしっかりと居座り、さらに増殖しながら全身の細胞にひろがっていくと、身体《からだ》をつき動かす衝動と化して、もはやおさえることはできなくなっていった。

10

明歩は夢門病院へ向かってアクアを走らせていた。

隣の助手席に真希はいない。ここ数日はいつも真希が隣にいただけにさびしかった。真希にはいつもこの助手席に座っていてほしかった。助手席だけではなく、家庭においてもだが。

これから泊龍成と会うことも言っていない。言えば真希のことだから一緒に行くというだろう。きょう泊と会うのは特別なことなのだ。どんな危険が待ちうけているかもしれない。そんな危険な場に真希を立ち会わせるわけにはいかなかった。

夢門病院が見えてきた。

この病院にはこれまで何度か来て、こうして病院を見あげるのだが、そのたびに印象はちがっていた。きょうは厚い雲が張りつめ、いまにも雨が降りだしそうだったし、丘の向こうには呪わしい魔物が踊っているように奇妙な形をつくった雲がとどまり、その下で夢門病院は暗く沈んでいた。

明歩は不吉な予感に襲われ、胸の動悸が高まってハンドルを握る手がふるえてくる。思わずひきかえしたくなったが、なんとか思いとどまった。どんな危険が待ちうけているにせよ、明歩に課せられた、避けて通ることができない運命のように思えてくる。

午後二時。明歩は理事長室に通され、ソファに座った。マホガニー材のデスクと書架。日本とアメリカの国旗。秘書も先日見かけた同じ女性だった。その秘書がお茶を運んできて、しばらくお待ちくださいませ、と愛想よく言った。美人だし好感がもてる女性だった。

五分後、奥のドアがひらいて泊龍成が姿を現した。

「よく来てくれた。待ってたんだぞ」泊龍成は明るく屈託のない様子で言いながら、明歩と向かいあって座った。黒い長髪をオールバックにした髪型、くっきりとして大ぶりな目鼻立ち、白く長いローブ。まさに皆渡がメモに描いたスケッチのとおりだった。

泊はソファに背をもたれさせ、足を組んでゆったりとした姿勢で明歩を見つめている。その様子は町の有力者らしい温厚さと威厳をそなえていて、世界を牛耳る闇の組織のメンバーで、皆渡義信の殺害と時遠会長の行方にかかわっているような人物には見えなかった。

明歩はどのように話を切りだそうかと考えていた。

「それでいつから働いてくれるんだ」泊がポケットから煙草の箱をとりだしながら訊いた。二人のあいだのテーブルに、ハスの上に蛙がのっかった真鍮の灰皿が置かれている。

明歩は驚いた。泊がこんなことを言いだすとは思わなかった。「羽追という人が泊さんになにをどう伝えたのかわかりませんが、ぼくがいつから働くかなんてそんなことを言ったおぼえはありません」

「それじゃ話がちがうぞ」

「話がちがうと言いたいのはぼくのほうです。ぼくにふさわしい仕事を見つけてやると泊さんに言われて、羽追という人に会ったんですが、会う場所も変なところだったし、手で妙な合図をさせられたり、また忠誠心だとか、使命感などと時代がかったことを言われて当惑したんですよ」

「キミが羽追と会った場所は弥栄の丘といってな、われわれにとっては聖なるところなんだ」泊は意味深長な口ぶりで言った。

「ぼくは会社のためにそれは一生懸命働くつもりですが、それと同時に職場を人間としての成長の場と考え、仕事を通じて自己実現をめざしていきたいんです」明歩は語気を強めて言った。

「けっこう、けっこう」泊は大げさに拍手をするような手つきをして、それから言った。「キミの言うとおりだ。キミに与えられる仕事はそういうものだ。これで決心がついたろう」

「いいえ」明歩は断固として言った。「もうこの話はいいんです。仕事は自分で見つけますから……それよりもきょうこうしてやってきたのは、泊さんにおたずねしたいことがあるからなんです」

泊は煙草の箱から煙草を一本とりだしかけてやめ、探るような目を明歩へ向けた。

「皆渡義信さんという、この病院の入院患者だった人をご存じのはずですが」

「知らんな」泊はにべもなく言った。「入院患者はいくらでもいるんだ。わたしがいちいち知るわけがない」

「皆渡さんはここに入院中の一昨日の朝、この病院の裏手の溜め池のほとりで遺体となって発見されたんです」

「その男のことなら聞いている。言っとくがな、その男は入院患者ではない。入院はしていたが、退院したのちに溜め池へ行って足をすべらせて転落死したんだ」

「警察はそう言っていますが、ぼくは別のことを考えてるんです」

泊はうす笑いを浮かべた。「警察のやることにまちがいはないんだ。一介の市民であるキミが……」

「実は」明歩はさえぎって、「皆渡さんはここへ入院中、ひそかに調べていたんです、ある人物の秘密にかんして」とさりげなく言って、泊の表情をうかがった。泊の態度は変わらなかったが、組んでいた足を解いて、そのかわりに胸の前で両手を組み合わせ、底光りする目で、明歩の背後の壁に飾られた絵画のほうを見すえていた。それからぽつんと言った。「キミの話はどうもわからんな」

窓がガタガタと揺れ、窓ガラスをたたくような音がした。雨が降っているらしく、風にあおられた雨滴《うてき》が窓にぶつかっていた。

明歩は話の矛先《ほこさき》を変えることにした。「今度は時遠会長のことをお訊きしたいんです」

「会長はまだ帰っていないのか」

「まだです。先日おたずねしたとき、あなたは会長が行方不明になったあの日、会長とは会ってはいないとおっしゃっていましたが、それは本当ですか？」

「本当ですかって、キミ」と泊は気色《けしき》ばんだが、おだやかな様子で言った。「会長とは最近顔をあわせたことはないし、まして彼が失跡した日に会ったおぼえはない」

「うそだ！」明歩は激越に言った。「あの日、あなたは時遠会長と会った。ぼくにはわかってるんだ」

「なにを言うんだ」泊は一喝した。

明歩は怯《ひる》まなかった。熱に浮かされたように発奮し、胸の底からふきあがってくる言葉をおさえることができない。「どうして隠しだてするんですか。あの日会長と会ってなにを話しあったんですか？　三角形と片眼のシンボルマークについてですか。そのあとなにがあったんですか？どうして会長は帰って来ないんですか？」

「だまれ！」と叫んで、泊は灰皿を明歩のほうへ押し飛ばした。そのハスの葉にカエルがのっかった灰皿は、明歩の膝をかすめて絨毯を敷きつめた床へ落ちてはねた。

「このおれをだれだと思ってるんだ」泊は言った。おだやかだった顔は険しく引きつり、目は剃《かみ》刀《そり》のように光って明歩をにらみつけている。明歩は居すくんで言葉が出てこなくなった。

そのとき、明歩は泊の背後にうごめく不気味な影を見た。それは鳥ともトカゲとも見分けのつかない生物のように思えた。皆渡義信が描いた絵を見ての連想だったかもしれないが、皆渡は実際に特殊な能力によってそれを見たのにちがいない。

泊はしばらく明歩をにらみつけていたが、急に表情をやわらげて言った。「きょうのおまえはどうかしてるぞ。だれに吹きこまれたのか知らないが、根も葉もないことを真にうけてこのおれに向かって暴言を吐いたんだからな。しかしだ、おれは心の狭い人間じゃない。寛容なのだ。普通の人間なら許さんところだろうが、おれは大目に見る。ましてUFOにかんして熱心に語りあったわたしとキミの仲じゃないか」

泊は立ちあがると、デスクのインターフォンをとりあげてなにかを伝え、それからまたもとのソファに座って言った。「キミが見たあのUFOのことを聞いたとき、キミは特別な人間だと思ったし、キミとわたしとは切っても切れない強い絆で結ばれていると感じたものだ。その気持ちは今も変わってはいない」

先ほどの女性秘書が入ってきて、運んできたトレイから琥珀《こはく》色した液体が入ったグラスをとりだして明歩の前のテーブルに置き、それからもうひとつのグラスを泊の前に置いた。明歩へ向かって、「どうぞ」とにこやかに微笑んでみせて、女性秘書は出て行った。

「これは最近手に入ったハーブティーだ。味は最高だし、滋養もあるんだ」と言いながら、泊はグラスを手にとってハーブティーをうまそうに飲んだ。

明歩は飲む気がしなかった。これ以上詰問する気も失《う》せていた。泊の剣幕に気おくれしたわけではない。それがないとはいえないが、さらに追及しても泊は怒りを募らせるばかりで本当のことを言わないだろうし、胸の底にわだかまっていたものを泊の前で吐き出したことで、ある程度気持ちがすっきりしていた。また明歩の追及に対する泊の反応ぶりを見て、確かな感触を得たとも思った。

「あのころが懐かしいな」泊はハーブティーをうまそうに飲み終え、うちとけた口調で言った。「二人でUFOや宇宙人にかんしてよく話しあったじゃないか、時間の経つのも忘れてな。われわれが神だと思っていたのが実は宇宙人だとわかって快哉《かいさい》を叫んだものだ。各国政府のUFO隠ぺい策に憤り、アダムスキーの宇宙哲学を論じあい、UFO目撃写真を集めたり、UFOがよく現れるスポットへも出かけて行ったたじゃないか。またあのころに戻ってゆっくりと語りあいたいもんだな」

それもいいかもしれないと明歩は思った。泊とそんな話をして、彼があのころの純粋さをとりもどすことができれば、アヌンナキに操られている生物の呪縛から逃れ、闇の勢力からのマインドコントロールからも解き放たれるかもしれない。そう思っていると、気がつかないうちに手がのびてグラスをとり、ハーブティーをひと口飲んだ。泊が言ったとおりうまかった。さらに飲んだ。泊がちらりと明歩のほうへ目を走らせながら言う。「キミが見たあのUFOは、神すなわち宇宙人からのしるしなのだ。キミには使命が与えられている。キミはその使命を果たさなければならない、われわれとともにな」

明歩はアクアを走らせていた。雨はやんでいたが、かなり降ったらしく路面はぬれて夕闇のなかで鈍く光っていた。

「キミはあのUFOを見たのだから使命が与えられている。われわれとともにその使命を果たしていくのだ」夢門病院の理事長室を辞去する直前、泊がそう言ったとき、明歩は「あのUFOを見たからって使命が与えられているとは思わないし、ましてあなたがたと一緒になにかをやるつもりはありません」ときっぱり言っておいた。

泊は苦笑して、「キミがなんと言おうとも、いずれキミはわれわれとともに使命を果たしていくことになる。これは神の書にしるされていることだ。キミは神の声にはしたがわなければならないのだ」と言っていたが、いやに〈神の声〉に力をこめていた。

道路は丘陵の木立のあいだを曲がりくねりながらつづいている。車の往来は少なく、あたりはさらに暗さがましていた。

明歩は頭をふった。異変が起きていた。靄《もや》がかかったように頭がぼうっとして、意識が遠のくような感じがした。そうかと思うと、頭のなかに無数の虫がひそんでいて、その虫たちのささやくような鳴き声が聞こえてきたりする。時折頭のなかを鋭い針でひっかきまわされるような痛みが走り、吐き気がした。

明歩は、はっとして思い当たった。

あの飲み物――ハーブティーだ。泊がうまいし滋養があると言ったハーブティー。明歩は警戒して飲まないつもりでいたのだが、泊の話につりこまれ、泊と明歩が昔のように語りあえば泊はかっての純粋さをとりもどし、いまの自分を反省するのでは、とそんな甘い考えにとらわれているうちについハーブティーを手にとって飲んだ。泊が言ったようにうまかった。そして残らず飲み干してしまったのだ。そのときはどうもなかったのだが、今ごろになって……。

あのハーブティーになんらかの毒物が入っていたのだろう。毒物がさらに全身に浸透してくると……恐怖が背筋をつらぬいて、奈落の底へ落ちこんでいくようだった。

頭のなかに粘土でも詰めこまれたようにますます意識が混濁してくる。気がつくと、目の前に急カーブが迫ってきて、あわててハンドルを切った。

このままでは危ない、車を停めてしばらく休まなければと思った。

そのとき頭のなかで声がした。朦朧《もうろう》とした意識を突きぬけて、その声だけがはっきりと聞こえてくる。

「この世の中はつまらん。生きている価値はない」とその声が言った。明歩が独白した声ではないし、幻聴のようでもない。一語一語が明瞭に力強く響いてくる。「この世にあるのは金と競争だけだ。おまえは競争に敗れ、金もない。もはやおまえにはこの世に居場所はないのだ」

その声は平板で無機的だったが、明歩にとっては抗《あらが》いがたい魔力を秘めているように思えた。さらにその声は言った。「この世とはおさらばするのだ。次の世で喜びにみちた世界がおまえを待ってるんだぞ。これは神の声だ」その声は明歩の思考や感情を吸いとり、現実感を失った意識をわしづかみにし、さらに全身をも搦《から》めとった。

カーブを曲がり終え、道路は木立にそって直線になった。その先はヘヤピンカーブが待ちうけている。このあたりは弥栄の丘だった。先ほど泊がここは聖なるところだと言ったことが混濁した意識をよぎる。そしてヘヤピンカーブの内側には、羽追と会った小公園がある。

ヘヤピンカーブが近づいてくる。この道路のまっすぐ先は深い渓谷へ落ちこんでいる。ヘヤピンカーブを曲がらずに直進すれば、崖ぶちから谷底へ転落してしまう。

アクアは疾走していた。

「カーブだ、危ない、スピードをゆるめろ」と誰かが叫んでいる。だが明歩はアクセルを踏みつづけたままだった。

ヘヤピンカーブはどんどん迫ってくる。

「ブレーキをかけろ、ハンドルを切れ」と言う誰かの切迫した声が聞こえ、「まっすぐ行け、神の声にしたがうんだ、楽になれ」と叫ぶ声がいっそう大きく鳴りひびいてくる。心臓は破裂しそうにはげしく拍動し、全身の血が逆流している。「ハンドルを切れ」と言う声は、「そのまま突っこむんだ」と叫ぶ声にのみこまれ、「神の声にしたがうんだ」と言う声だけが聞こえた。明歩は金縛りにあったように手足を動かすことはできない。アクセルを踏みつづけ、ハンドルを握った手もそのままだった。

ヘヤピンカーブが目の前に迫り、道路の向こうの残照に染まった空が目に入った。明歩は絶叫した。

――空白になった。時間が停まった。ぼんやりとした影がゆらいでいる。その影がしだいにはっきりしてきた。二匹の生物が相争っている。いっぽうは鳥かトカゲのようで、もういっぽうは絵本などで見かけたことのある人魚のようだった。

鳥かトカゲのような生物が、うなり声を発し鋭い歯をむきだして挑みかかれば、人魚は機敏に尾をくねらせて応戦していた。二匹の生物はぶつかりあい、からみあっては離れ、またぶつかっていく。

とつぜん、この二匹の生物は消えた。あたりは暗くなり、なにも見えない。そのとき聞こえてきたのは、激しい息づかいの音だった。

気がつくと、明歩はハンドルに突っ伏してあえいでいた。全身は汗みずくだった。顔をあげて見えてきたのは、残照がうすれて紫がかったヴェールにおおわれた空だった。足もとが浮びあがり、運転席がのけぞっている。身動きするとぐらぐらと揺れた。

アクアは前輪が路肩のガードレールに乗りあげて停まっていた。前輪の先は深く落ちこんでいる渓谷だった。

頭のなかの声は聞こえなくなっている。依然としてぼうっとしていたが、頭の芯でははっきりとした意識がめばえてきていた。

助かったのだと明歩は思った。

11

「ふしぎだねぇ」

時遠哲が首をかしげながら言った。「頭のなかで声が聞こえたっていうのは。それも自殺を強要したっていうんだからな。いったいどうなってたのかね」

「ぼくにもよくわからないんですよ」と明歩は言った。「あの声は外から聞こえてきたのじゃなく、頭のなかからでした。頭はぼうっとしてたんですが、その声だけがいやにはっきり聞こえたし、とても逆らえないようなふしぎな力をもってたんですよ」

時遠家の応接室。

明歩はここ数日間で知り得たこと――あの日、時遠玄斎が皆渡義信と会って泊の秘密を知り、そのあと泊龍成と会ったこと、それから昨日、明歩自身が泊を訪れて詰問したこと、その帰途、危険なめにあったが九死に一生を得たことを語り終えたところだった。

明歩の正面のソファに時遠夫人が座り、その右隣に時遠哲、左隣にはふてくされたように宮前吾郎が控えている。明歩の隣では真希が目をキラキラと輝かせていた。そのほかに古木もいた。

「泊龍成が東野さんに飲ませた、そのハーブティーになにかが入っていて、それが変な声を聞かせ自殺させようとした、そういうことですか」古木が遠慮がちに言った。

「そうよ」真希が勢いよく言った。「これで泊龍成の正体が明らかになったんです。泊の秘密を知った東野さんを殺そうとしたのがなによりの証拠じゃありませんか」

「つまりこういうことか」哲が座りなおして言う。「泊がフリーメーソンとか、イルミナティなどという秘密組織の日本メンバーで、この町でなにかをたくらんでいることを知った皆渡さんが、そのことを会長に伝え、会長は直接泊と会ってこのことを問いただした……」哲はあわてて口をつぐんだ。幸絵がぴくっと身体をふるわせたからだ。

古木が無神経に哲の言葉をひきとって言った。「泊はおのれの秘密を知られた皆渡さんを殺害し、そして会長はそれ以前に……」古木は哲ににらみつけられて黙りこんだ。

「ぼくは殺されかかったんですが、こうして無事に帰ってきたんです。会長はどんなめにあったのかわかりませんが、ぼくと同じように無事に生きのびてそのうち……」

「もういいんです」幸絵が顔をあげてきっぱりとした口調で言った。「東野さんはあんな危険なめにあいながらこうやって無事に帰ってきたっていうのに、主人はいまだに帰ってこないってことは……覚悟はできています。わたしにとって悲しくつらいことですが、事実としてうけいれねばなりません。大事なことは、悪を許してはいけない。悪とは勇気をもって戦うこと。そしてこの町を守り、日本の国を守らなければならないということです。これはいつも主人が言ってきたことです」

「そうだわ、悪と戦う勇気よ」真希が熱っぽく言った。「東野さんは危険を承知しながら、ひとりで夢門病院へのりこんで泊と対決したんですからね。普通の人にできることじゃありません」

「いいえ、ぼくはごく普通の人間です。今度の件にかんしても真希さんの働きがあったからこそなんです。ぼくは真希さんに協力しただけです」

「それはそうとして」哲が明歩を見て言った。「キミが生きているとわかればまた命を狙われる。東京へもどるか、それともどこかへ身をひそめたほうがいいのかもしれないな」

「いいえ、ぼくは逃げ隠れしません。今までどおりやっていくつもりです」明歩は幸絵へ向かって言った。幸絵は大きくうなずいた。真希もにっこり微笑む。

「さてと」これまでにがりきった様子で黙って聞いていた宮前五郎が咳払いして言った。「泊龍成がイルミナティとかの一員だとわかったからって大騒ぎすることはないんだ。わたしには以前からわかってたことさ。口には出さなかっただけだ。そんなことよりも問題はこれからどうするかということだよ」

一同はそこに宮前がいたことを思いだしたように宮前を見た。宮前は一同の視線をうけとめながら姿勢を正して言う。「泊が皆渡さんを殺した、東野くんを殺そうとした、会長の行方にかんしても泊が知っているなどと言って警察に訴えるんですか。その証拠は……状況証拠じゃなく、確かな物的証拠はあるんですか?」

宮前は一同を見わたした。皆は黙りこんだ。

宮前の言うとおりだった。警察は、皆渡の死を自殺か自己過失として処理を終えているし、それをくつがえす確固とした証拠はない。明歩の件にかんしても、泊がすすめた飲み物を飲んで頭のなかで変な声が聞こえて殺されそうになったと言えば、一笑に付《ふ》されるだけだし、会長の失跡について泊がかかわっているという証拠も、皆渡が死んでしまった以上なにもないのだ。さらに追及しようとしても、捜査機関のような最新のテクノロジーを駆使した手段をもたないわれわれにはどうしようもない。

「仮に確かな証拠があったとしてもだ、警察は相手にしてくれませんよ。訴え出た者は命をつけ狙われるのがおちだ。警察はやつら闇の勢力によって牛耳られてるんですからね。もっともこれは警察にかぎったことじゃない。テレビや新聞などのマスメディア、その他の分野でもいえることですがね」

宮前は尊大ぶった様子でまた一同を見わたした。

「それじゃ、われわれはいったいどうすりゃいいんですか？」古木がたずねた。

「やつらがなにをたくらんでるのか、それをつきとめ、阻止することだ」宮前がしかつめらしい口調で答えた。

「そりゃそうだけど」と真希が不服そうに言った。「わたしたちはどうやってそれを……」

「宮前さんにはもうわかってるんですよ」古木がをさえぎって、「やつらのたくらみと、それに対処する方法を」と宮前に向かっておもねるように言った。

「いや、わたしもそこまではわかっちゃいない。だが手がかりはある」

「手がかりですか。それはどういうことかね？」と哲が訊いた。

「ハープです」宮前はとりすました顔で言った。

「ハープ？」哲は腕組みを解いて言った。「弟から聞いたことはあるんだが、ハープっていったいどういうものかね」

「ハープというのは」宮前はもったいぶった様子で説明をはじめた。「地上から電波を電離層へ送っていろんな実験をしたり、オーロラをつくったりする装置のことなんですが、ところがいまや人工の災害を起こしたり、人を殺傷したりする軍事兵器となってるんですよ。ハープの施設は最初アラスカに出来たんですが、現在では世界じゅうにひろがってるんです」

「世界じゅうってことは……」古木が大げさに驚いた様子をみせて言った。「この日本にもあるってことですか？」

「もちろん」宮前は目を光らせて、「それも目と鼻の先だ」とぐるりと視線をめぐらせて、「あの大都《だいと》宇宙科学研究所にだ」と言い放った。

「大都宇宙科学研究所⁉」古木が素《す》っ頓狂《とんきょう》な声をあげた。

幸絵は目をみはり、哲ははっとしたように唇をかみしめ、明歩と真希は顔を見あわせた。

大都宇宙科学研究所は、ここから北へ二キロ離れたところに位置する、古くからある民間の研究施設で、そこでなにがおこなわれているのかは不明だった。拡張、改築工事が進められて現在ではさらに大規模になっていたが、そこでいかなる研究がなされているのかわからないことに変わりはなかった。

「その話は本当かね」哲が信じられないといった様子で言った。

「わたしはうそは申しません」宮前はうそぶくように言って、それから、「しかもですよ、この大都宇宙科学研究所と、泊龍成とは深いかかわりがあるってことがわかっている」と胸をそらした。古木が感嘆したようにうめき声をもらす。

「仮にその話が本当だとしてですよ」明歩が割って入って言った。「その宇宙科学研究所にあるというハープと、やつらがひそかに進めてる計画とはどういうかかわりがあるんですか？」

宮前は明歩をじろりとにらみつけただけで、その質問は無視して話をつづけた。「大都宇宙科学研究所の奥庭には、無数のアンテナが並んでいる。そのアンテナから電波を電離層へ送れば、その電磁波は何倍ものパワーを得て地上へもどってくるんだ。最近この町の人たちの異常ぶりに気がついてるだろう。とつぜん怒りだしたり、笑いだしたり、そうかと思うといきなり泣きだしたりする……自殺や事故も多い。これらこそハープからの電磁波によるものなのだ。人間の脳に電磁波を当てれば脳のなかで化学反応が起きて、その人の思考や感情に影響を及ぼす。やつらはこのハープを使ってこの町で実験をおこなってるんですよ」

明歩には思い当たることがあった。

ハープのことはくわしくは知らなかったが、久しぶりにこの町へもどってきて、最初に感じた異様な雰囲気、町の人々が見せる異常な言動、明歩自身もこれまでにない頭痛をおぼえたり、幻覚を見たりした。それがハープによる電磁波のせいだと言われてみれば実際そうかもしれないと思った。昨日、泊と会った夢門病院からの帰途、頭のなかで聞こえた声も電磁波がひきおこしのではないのだろうか。またいつかの夜出現した時遠会長もこの町がやつらの実験の場だと言っていた。

明歩はつづいて問いかけた。「電磁波による実験だとすると、その目的はいったいなんなのですか。やつらの真の狙いはどこにあるんですか？」

「このことを内密にしていたのは申しわけなかったんですが」宮前はまた明歩の質問には答えることなく言った。「もっとくわしいことがわかったうえで、皆さんに報告するつもりだったんですよ」宮前はふたたび一同を見まわしてにっこりと微笑んでみせた。


その夜、時遠玄斎が出現した。

この夜も玄斎はいつものようにとつぜん現れ、ふわっと漂うように立ち、明歩からは顔をそむけていたが、以前よりは生気が出て存在感がましているように見えた。しかし声をかけても返答することはないし、語りだす口調も相変わらず重々しかった。

「西欧人の神概念は、旧約聖書に由来しているのだが、その聖書に出てくる、人類や万物をつくった創造神ヤハウエは、わたしにいわせれば神ではない。

ヤハウエは神などではなく、その正体はニビル星の王アヌの息子エンリルなのだ。地球は自分たちのもの、地球人は自分たちの隷属物だと考える彼らが、地球と人類を支配していくためにエンリルをヤハウエとして聖書をつくり、宗教をつくったのだ。正確に言えば、彼らの遺伝子をつよく受けつぐ者、すなわち闇の秘密組織によってつくらせたのだが。

それではイエス・キリストはどうか。

イエスも神ではないし、神の子でもない。ということは、イエスはヤハウエすなわちエンリルの子ではなく、ヤハウエ、エンリルとはかかわりがない。

イエスは実在の地球人類なのだ。われわれと同じセム系の血統で、突然変異によって生まれたのだ。イエスは悪《あ》しき権力と戦い、いくたの困難をのりこえて、貧しい人や苦しむ人たちに救いの手をさしのべ、愛と平和を説いた偉大な人物だった。

この宇宙はかぎりなく広い。

地球外知的生命体は、ニビル星のアヌンナキだけではない。アヌンナキは地球人よりも進化しているが、アヌンナキよりも進化した地球外知的生命体が存在している。闇の天空でもっとも光り輝いて、隠れた神ともいわれる巨大な星——そうだ、シリウスだ。

シリウス星人もヒューマノイドだが、アヌンナキには鳥ともトカゲともつかない生物が仕えているように、シリウス星人には人魚がついている。

シリウス星人は、アヌンナキに支配されている地球人類を憂慮していたのだが、突然変異によって生まれたイエスに目をつけ、イエスを中心にして地球救済計画をたてた。

その計画にそって、イエスはエンリルの支配下にある権力者や律法学者と戦い、あげくの果てに処刑されて死んだのだが、のちによみがえった。この処刑と復活はシリウス星人が仕組んだ一大セレモニーだった。聖書にはこのセレモニーで白く輝く衣服を着た人物が、イエスの復活を手助けしたことが描かれているが、これこそがシリウス星人なのだ。

このイエスの死と復活によって、エンリルたちが地球人に知られることを恐れていたこと、すなわち人間は肉体だけではなく、霊的な存在であることを示した。また処刑時には激しい雷雨があり、それとともに難病人が癒されたり、死人がよみがえったりして地上に一大変化をもたらした。それだけではなく、このイエスの死と復活劇には地球救済の秘儀が隠されていたのだ。

そのいっぽうで、シリウス星人の地球関与に対し危機感をもったエンリル、アヌンナキは、地球上の闇の権力を通じ、イエスを排斥するのではなく逆に利用して人類支配の強化をはかった。すなわちイエスをヤハウエ、すなわちエンリルの子とし、弟子たちが書きのこしたイエスの言行録をもとに神話仕立ての物語をつくりあげ、それを新約聖書とした。こうしてシリウス星人の地球救済の秘儀は封じこまれ、ふたつの新旧の聖書によって巨大な宗教組織をつくりあげていったのだ。

宗教は人類を支配するための道具であり装置だった。その教義と組織によって人類を罪悪感と恐怖感によって心の牢獄におしこめ、さまざまな可能性、とくに霊性の知識と能力を封じるものなのだ。

目には目、歯には歯、復讐による血を血で洗うといったヤハウエ、エンリルの教えにしたがい、この世界で血みどろの闘争がつづいているのを見れば、やつらの計画どおりに事は進んでいることがわかるだろう」

明歩は質問することはあきらめて、黙って聞いているほかなかった。

「やつら闇の勢力、陰の世界政府といわれる者たちは、聖書にしるされたヤハウエ、すなわちエンリルの言葉を神の声として忠実に守りながら、聖書の予言を計画実行の指示書としてとらえ、それにしたがって世界を動かしているのだ。そして世界は聖書でいう終末へと向かっている。

戦争やテロが続発し、地震、洪水、火山噴火などの天変地異、寒波、猛暑、豪雨、干ばつなどの異常気象が相次ぎ、貧困や飢餓が増加している。そんなときキリスト、仏陀に代わるニューリーダーが出現するだろう。もちろんこの人物もやつらが背後で糸を引いているのだ。この人物によって大衆はコントロールされていく。そしてその先、なにかが起こる……そのときやつらの計画が明らかになるだろう。やつらがこの町でやろうとしているのは、その終末のシミュレーションなのだ」

玄斎は言葉をきって事の重大性を示唆するように大きな吐息をついた。明歩もひきこまれて肩で息をした。この先どんな話が出るのだろうと思うと胸がおののいた。玄斎は口調をあらためて話をつづける。

「やつらが恐れているのは、現代においてイエスのような人物が突然変異によって生まれてくることだ。やつらにとってその人物が最大の敵となる。

われわれ日本人はイエスと同じセム系の血をひいている。イエスの遺伝子をうけつぐ特殊な遺伝子をもっている。わたしはＹＡＰ染色体のことを言っているのだ。

やつらがこの日本に警戒の目を向けている理由がわかるだろう。それゆえにやつらは日本、いやこの夢門の町へやってきたのだ……」

玄斎は口をつぐんだ。それからこのときはじめて明歩のほうへ向きなおった。その目は焦点が定まらずどこを見ているのかわからなかったが、明歩は心の奥底を見すかされているような気がした。

「東野くんはあのＵＦＯを見た。

ＵＦＯ――光り輝く飛行物体は、キミが一日の仕事を終えて帰ってくるのを待ちかまえ、キミを先導して飛行し、キミの自宅の真上でとどまり、キミが自宅へ入っていくのを見とどけて飛び去っていった。

わたしはその話をキミから聞いたとき、その飛行物体、ＵＦＯはシリウス星人からのものだと思った。そのときは確信がなく、キミにも他のだれにも言わなかったのだが。

またわたしは聖書にしるされている、東方の三博士とイエス誕生のエピソードを連想した。東方の三博士を導いた光り輝く星が馬小屋の上でとどまり、三博士が馬小屋へ行ってみると、イエスが誕生していたというあの有名な話だ。

そのエピソードが真実だったのか、それともやつらが神話としてでっちあげたものなのか、それはわからないが、シリウス星人はこの人口に膾炙《かいしゃ》されたイメージを利用し、みずからのＵＦＯを光り輝く星に仕立てて、キミに自覚をうながすメッセージを送ったのだ。

わたしがこのことに気づいたのはつい最近のことだ。それまではやつらがこの町へやってきて実験をおこなっていることも知らなかった。キミを呼び寄せたのも深いわけがあったわけではない。久しぶりにキミと会ってゆっくり話しあってみたいと思った、そんな程度だった。

ところがいまやキミを呼び寄せたことがとても重要な意味を帯びるようになってきた。

わたしがキミを呼んだのも運命ともいうべき力が働いたのかもしれない。もっと言うと、アヌンナキとシリウス星人、鳥ともトカゲともつかない生物と人魚がわれわれの知らないところで相争いながら、目に見えない糸を引いて、わたしを通じキミを呼び寄せることになったのかもしれない。

そうだ、キミこそやつらがもっとも恐れる人物であり、その半面シリウス星人にとってはイエスのような存在なのかもしれん」

「やめてください」と言う声が聞こえた。

それは明歩の声だった。気がついてみると、時遠玄斎の姿は消えていた。

夢だ、変な夢を見たものだと明歩は思った。座椅子にもたれこんで眠りこんでいたのだ。以前のことはわからないが、今夜の玄斎の出現は夢だった。

先ほど玄斎が言ったようなUFOを、明歩が目撃したのは事実だ。そのUFOがシリウスからのものだったというのはわかるし、聖書にしるされている東方の三博士が光り輝く星に導かれて、イエスが誕生した馬小屋を訪れるというエピソードと似ていることも確かだ。

しかし、ぼくがイエスのような存在であるはずはない。ぼくはごく普通の人間にすぎないのだ。悪とは断固と戦う、と時遠夫人や真希の前で言ったし、そのつもりでいるのだが、イエスが体現した深い人類愛、叡智、勇気などには遠くおよぶものではない。イエスは、悩める人々に深遠な教えを説き、また病気をいやしたり、死人をよみがえらせたり、そのほかいろいろな奇跡をおこなった——それは誇張があるかもしれないにせよ、ともかくぼくはそのような能力はもちあわせてはいないのだ。

そういえば、泊龍成も明歩のＵＦＯ体験をもちだして、明歩には特別な使命が与えられているとか言っていたのを思いだした。玄斎と泊は同じようなことを言ったことになるが、その意味あいはちがうように思える。泊はなにを考えているのかわからない。

いずれにしろ明歩のＵＦＯ目撃を、イエスや特別な使命というものに結びつけてほしくない、明歩は切《せつ》にそう思った。

携帯電話の着信音が鳴ったのはそのときだった。

「明日、またある男性に会ってほしいの」と真希は言った。

12

その男は北村秀樹という名前だった。

昨日、皆渡義信の娘千歳が真希へ電話をかけてきて、明歩と真希が父のことを調べてくれているようだが、なにかわかりましたかとたずねた。皆渡義信はこの町を守るために権力と戦い、悪を暴《あば》こうとして、なんらかの事件にまきこまれたようだ、およそのことはわかってきたが、まだ確かなことはつかめていない、とにかく自殺や事故ではないと真希は言っておいた。

千歳はていねいに礼を述べ、東野さんにもよろしくお伝えくださいと言って電話を切ろうとした。そのとき、真希は時遠家で聞いた宮前吾郎の話を思いだし、ハープの施設があるという大都宇宙科学研究所についてなにか知らないかとたずねてみた。千歳は調べてみますと言っていったん電話を切ったが、ほどなく電話をよこして、父の手帳に大都宇宙科学研究所と北村秀樹という名前が一緒に書かれていると知らせてきたのだった。

真希は早速電話帳を調べて、北村秀樹へ電話をかけてみた。その北村秀樹が電話に出て、皆渡義信を知っているし、大都宇宙科学研究所に勤務していると言った。皆渡さんのことで訊きたいことがあると言うと、北村は承諾し、きょう土曜日の午後三時、〈あすなろ〉という喫茶店のいちばん奥のテーブルで待っている、ダークスーツを着てメガネをかけているからすぐわかるはずだと言ったとのことである。

明歩は〈あすなろ〉は、町の中心を西へはずれた、さびれた商店街の一郭にあった。

〈あすなろ〉横の駐車場にアクアを停め、真希とともに喫茶店へ入っていった。

ちょうど午後三時。

店内には数名の客がいたが、奥のほうのテーブルで中年の男が新聞を読んでいた。黒っぽいスーツを着てメガネをかけている。ふたりはその男へ近づいていった。

「北村秀樹さんですね」真希が声をかけた。

その男は顔をあげてうなずいてみせたが、真希の隣に立っている明歩を見て意外そうにしている。真希がひとりで来るものと思っていたのかもしれない。

ふたりは名乗って北村と向かいあって座った。北村はやせて神経質そうな顔つきで、スーツは着古して袖口がすりきれていた。北村の前に置かれたコーヒーカップはからだった。もう一杯いかがですかと真希が訊くと、北村は頼むと言った。真希は三人分のコーヒーを注文した。

「きょうはお忙しいところ申しわけありません。電話でお話ししたように皆渡さんのことでおたずねしたいことがありまして」真希がていねいに言った。

北村は軽くうなずいたが、緊張している様子だった。

「皆渡さんとはどんな知り合いだったんですか？」真希が早速訊いた。

「友人だよ」北村はぽつんとそれだけ言った。

「最近お会いになりました？」真希がかさねて訊いた。

「どうしてキミらは皆渡さんのことを訊くんですか？　皆渡さんがどうかしたんですか？」北村は明歩のほうをうかがいながら、真希へ向かって問いかえした。

「実は、皆渡さんは最近亡くなられたんです」と真希が答えた。

「死んだのか」北村は驚いたように言ったが、そこには知人が死んだと知ったときの衝撃や悲しみといったものは感じられなかった。

「皆渡さんとはいつごろ会ってどんな話をなさったんですか？」真希に代わって明歩がたずねた。

「半年ほど前だったかな、偶然出あってメシを食いながらいろんな話をしたもんだ」北村の態度は変わってすらすらと答えた。

「ハープにかんすることではなかったんですか？」

「ハープ？」北村は素っ頓狂な声をあげて目をしばたたいた。

「あなたは大都宇宙科学研究所で働いてるということでしたけど」真希が言った。

「そうですよ」

「そこでのお勤めは長いんですか？」

「長いといえば長いな、大学を出てすぐなんだから」

「大都宇宙科学研究所の奥庭に高いアンテナが何本も並んでるということですが」

「キミたちは皆渡さんのことを訊きたいのじゃなかったのかね」北村はいらついたように声を上ずらせた。

「両方です。皆渡さんのことも訊きたいんですが、ハープについても知りたいんです」真希が答えた。

「そうなんです」と明歩がひきとって言った。「実は皆渡さんの死にかんして、警察は事故とみなしてるんですが、ぼくたちはそうは思っていない。皆渡さんはだれかに殺害されたのではないか、それもハープにかかわることで……」

「キミたちは刑事かね、それとも私立探偵?」北村は探るようにふたりを交互に見た。

「いいえ、ちがいます」と真希が答えた。

「それじゃ、ジャーナリストかね」

「ジャーナリストでもないんです」と真希が答え、また明歩がひきとって言った。「ぼくたちは皆渡さんの知り合いなんです。皆渡さんを殺した犯人をつきとめて、彼の無念を晴らしてやりたいんですよ」

「いずれにしてもだ」北村は明歩のほうへは顔をそむけ、真希を見つめて言った。「わたしは情報源ということになる。それならそれ相応の扱いをうけてもいいはずだ」

「それは考えている」明歩が言った。

北村は明歩を無視して、真希を見つめたまま、「それで、いくら出す?」と底力のある声で言った。

「そうだな」と明歩が言いかけた。

「もうけっこうです、きょうはどうもありがとう」と真希は冷ややかに言って立ちあがり、明歩をうながし伝票をひっつかんでレジのほうへ歩きだした。明歩も立って真希の後を追った。

「あの男は信用できない」駐車場に停めておいたアクアの助手席に座った真希がいまいましそうに言った。

「皆渡さんを知ってるっていうのも、大都宇宙科学研究所に勤めてるっていうのも怪しいもんだわ……きっと失業者よ、あの男は。金目当てなのよ」

「しかし皆渡さんの手帳には大都宇宙科学研究所と並んで北村秀樹と書いてあったんだろ。大都宇宙科学研究所に勤めている北村秀樹ということじゃないのかね」

「とにかくあの男はダメ。わたしの直感よ」

アクアは住宅地を抜けてメインロードへ入った。

「これからどうするつもり?」明歩が訊いた。

「宮前さんが言うように、本当に大都宇宙科学研究所にハープの施設があるのかどうか、あるとしたらハープとはどんなもので、やつらがハープを使ってなにをやろうとしてるのか、それが知りたいもんだわ」

「だがハープなんてものは、現代科学の最先端をいくものだし、極秘扱いされてるんだろ、われわれには敷居が高すぎる問題だよ。調べようがない」

「宮前がハープのことを話したときの高慢ちきな態度、いま思いだしてもむかつくわ。あなたはあんな男に大きな顔されても悔《くや》しくないの」

「ぼくは宮前さんと張りあうつもりはない。宮前さんはなかなかいいことを言うもんだと感心したくらいだ。彼が言ったとおり、泊龍成と会った帰り、頭のなかで聞こえた声は、ハープからの電磁波によるものだったかもしれないいんだからな」

「あなたったら」真希はいらいらとした様子で足を踏みならした。「……とにかくわたしたちにできることは、大都宇宙科学研究所の研究員に話を訊くこと。先ほどの北村みたいな男じゃなくて、誠実で信用のおける人を見つけることだわ」

「たとえそんな人が見つかったとしてもだ、ハープは極秘事項なんだぜ。そうやすやすと話してくれるとは思わないがね」

「だいじょうぶ、わたしに任せなさい」

後方でクラクションが鳴った。

「先ほどの男だわ」ふりかえった真希が言った。明歩がバックミラーで見ると、後続の車のなかからダークスーツの腕がのびて、明歩の車へ向かって合図を送っていた。

「とめないで」真希が険しい声で言った。明歩は一瞬迷ったが、ブレーキを踏んで車を路肩に寄せて停めた。後続の車も停まり、ひらいたドアから北村秀樹が出てきて、こちらの車へ近づいてくる。

「いいことを教えてやろう」北村は運転席の明歩へ向かって言った。「この町におれと同姓同名の男がいるんだ。キミたちが知りたいことはこの男に訊けばわかるだろう。電話番号は電話帳に載《の》ってるはずだ」

北村は片手をさしだした。「ガソリン代がないんだ、頼む」

明歩はポケットから千円札二枚をとりだして渡した。北村は二枚の千円札を手のひらに載せたままなおも明歩を見つめている。しかたなく明歩は、もう一枚千円札をとりだしてその上に重ねた。北村は三枚の千円札を握ると、礼も言わず自分の車にひきかえしていった。


その男の名前も北村秀樹だった。

北村秀樹は二人いたのだ。真希が電話帳を調べたとき、北村秀樹はひとりだけと早合点して、その下に掲載されていたもうひとりの北村秀樹を見のがしていたというわけだ。

今度は明歩がもうひとりの北村秀樹に電話をかけた。

その北村秀樹は、大都宇宙科学研究所に勤務していることを認め、また皆渡義信とは二カ月ほど前に会ったと言い、皆渡が高齢で頭頂部が禿げあがっていることも知っていた。皆渡が死んだことを告げると、衝撃をうけているようだった。この北村秀樹こそ、皆渡が手帳に書いていた男にちがいないという確信を得た。警察は皆渡の死を事故とみなしているが、ぼくはそうは思ってはいないと事件性をほのめかしながら、会って話が訊きたいと言うと、北村は自宅へ来るように告げた。

日曜日の午後二時。明歩と真希は北村家を訪れた。凝ったつくりの戸建て住宅が並ぶ閑静な住宅街の一郭だった。

青白い顔をした病弱そうな妻らしい女性が応対に出て、明歩と真希を応接室へ招じ入れた。ふたりはソファに座って北村秀樹を待った。壁には名高い風景画の複製が飾られ、壁際にシックな木目調のキャビネット、ワイド画面の液晶テレビが並んで、大ぶりな観葉植物が潤いのある緑の茂みをつくっていた。

北村秀樹が現れた。髪をきれいに梳《と》かし、カーキー色のポロシャツにブルーのシャツジャケットを着て、背はそれほど高くはないがすらりとした背格好だった。

明歩が真希を友人だと紹介すると、北村は真希をじろじろと見たりした。明歩は電話で話したときの北村の印象と、いま目の前にいる北村からうける感じがどこかちがっているような気がした。

北村は皆渡のことを訊きたがった。明歩は皆渡が死んだ経緯を語った。

「警察は事故や自殺扱いにしていますが、ぼくたちは納得がいかないんですよ」

「そりゃそうだな。皆渡さんは自殺するような人間じゃないし、せっかく退院することになったその日の朝、娘がすぐ来るっていうのにそんな溜め池に行くとは考えられんな」と北村は率直な様子で言った。「それでキミたちの手で真相を明らかにしようってわけか」

この男は電話で話した相手にちがいないと思った。「そうなんですよ」明歩は力をこめて言った。

「そのためにはぜひ北村さんの協力が必要なんです」

「協力っていわれてもな。わたしにはなにもできない」

「二カ月ほど前、皆渡さんと会ったということでしたが、そのときどんな話をなさったんですか？

それが知りたいんですよ」

「そりゃ……いろいろだよ」北村はあいまいに言葉を濁した。

「皆渡さんは、ハープのことをあなたに訊いたんじゃないんですか。あなたが勤めている大都宇宙科学研究所にはハープの施設があるんですからね」

「皆渡さんはそんなことを言ったのか」北村は苦笑いを浮かべた。それからまた真希の顔をじっと見すえた
「皆渡さんはハープがどんなもので、大都宇宙科学研究所でハープを使ってなにをしようとしているのか、そのことを知りたがったはずです。ぼくたちも知りたいことはそれなんです」

「しかし、ハープと皆渡さんの死とはかかわりがあるとは思えないがね」

「それがあるんですよ。ぼくたちは確信をもってます。だからぜひ……」明歩は頭をさげた。

北村は考えこむように目の前の空間を見つめていたが、それからまた真希のほうへ目を移して、

「このご婦人もかね」と言った。

「わたしは皆渡さんがあんな死にかたをして……」真希は北村の視線をそらして言った。「警察に事故や自殺扱いにされて悔しいんです。なんとかして真実を明らかにして皆渡さんの無念を晴らしたいと思っています」

北村の妻が静かに入ってきて、運んできたトレイから三人ぶんの湯飲みをテーブルに置くと、そっと立ち去っていった。

「あれは病気がちでね」北村は妻が出ていったドアのほうをちらりと見やり、それからまたとろ

んとしたような目で真希を見た。「かわいそうなやつなんだが、わたしはまだ若い。この身体《からだ》をもてあましてるってわけだ」

北村はなおも真希を見つめていた。真希は明歩を見た。明歩は目で合図を送った。

「わかるわ」真希は、北村を見かえしながら媚《こ》びるように言った。北村はもぞもぞと身じろぎし、大きな吐息をついた。

「それでハープの件ですが」明歩はすかさず身をのりだして言った。「大都宇宙科学研究所では、ハープを使ってなにをやってるんですか？　なにをやろうとしてるんですか？」

「ハープっていうものはだな」北村は真希から目をもどし、もったいぶった様子で言った。「ハープの公式名は、高周波活性オーロラ調査計画っていうんだ。この英文の頭文字をとって、HAARP、すなわちハープって呼ばれてるんだ。一九九三年、アラスカのガーナというところで初めてハープの施設がつくられた。その目的は地上のアンテナから高周波を照射して電離層に熱を発生させ、電離層の現象を観察研究することなんだ……」

「ちょっと待ってください」明歩がさえぎって言った。「そんなことは本やインターネットに出てることじゃないですか。ぼくたちが知りたいのは……」

「話は最後まで聞くもんだぞ」北村はむっとしたように明歩をにらみつけて語気を荒げ、それから真希へ向きなおり芝居がかった口ぶりで言った。「わたしがいま言ったのは公式見解で、あくまで表向きのことだ。ハープには極秘プロジェクトがある」

戸外から車の急ブレーキの音がした。何事かと耳を澄ませたが、そのあとはどんな声や音も伝わってこない。テレビからそれらしい甲高い声と笑い声が聞こえてきただけだった。

13

明歩はなるほどというようにうなずいて、それから話をうながす身ぶりをした。北村はソファに背をもたせ足を組んで、おもむろに言葉をついだ。「電離層はオゾン層のさらに上層にあり、全体が薄い膜におおわれ、その膜が地上に降り注ぐ有害な宇宙線を防いでくれてるんだ。電離層では分子、原子はイオンと電子に分離され、地上から放射された電磁波を吸収し、反射する性質がある。電磁波の出力、周波数、パルスを調整して放射すれば、電磁波はそれに応じ増幅されてはねかえってくるわけだ。電磁波の調整次第では、地球上の特定の地域を狙うことも可能なのだ」

明歩は熱心に聞き入っている様子を示し、真希は相槌をうつしぐさを見せている。

「今やハープによっていろんなことができるようになった。たとえば大気圏上部の風向きを変えたり、太陽光線を吸収させたり、さらには大気中のオゾンや窒素量を変化させて、気象をコントロールすることもできる。熱波、寒波、集中豪雨、竜巻、台風など思いのままだ。人工地震だって起こすこともできるんだぞ。地震を誘発するのは活断層のゆがみだが、その活断層付近では帯電状態になっている。つまり地中に電離層が発生していることになる。この電離層、つまり地中プラズマへ電磁波を照射すれば活断層のゆがみを拡大させて地震を起こさせることになるんだ」

北村は湯飲みをとってお茶を飲んだ。明歩もそれにならって湯飲みを手にした。真希は目顔で北村をうながした。北村は真希の眼差しにうなずいて話をつづける。

「現在ではハープは小型化されて世界じゅうに設置されるようになった。小型化といってもばかにはできないぞ。フェーズドアレイ・システムという最新のテクノロジーによって、各ハープ施設のアンテナに共振作用を起こさせ、電磁波をさらにパワーアップすることが可能になったんだ」と言うと、北村は組んでいた足を解いて両手をひろげ、話は終わったという素振りを示した。

明歩はこれで話を終わらせてはならないと思った。「ハープにかんしておよそのことはわかったんですが、それでその小型化されて世界じゅうにあるというハープの施設が、あの大都宇宙科学研究所にもあるということなんですね?」

北村は不意をつかれたようにきょとんとし、それからあいまいに首をふった。

「ぼくたちが知りたいのは……何度も言ってることですが、あなたが勤めている宇宙科学研究所においてハープがどのように使われ、今後どのような計画があるのかということなんですよ」明歩は熱意をこめて詰めよった。

「さぁ、どうなんだろうな」北村はとぼけたように言葉を濁した。

「わかったわ」真希が投げつけるように言った。「えらそうなこと言ったって、この人はなんも知らないんだわ。宇宙科学研究所で働かされてるロボットにすぎないのよ」

「わたしはロボットじゃない」北村は気色ばんで言った。「確かに他のやつらはロボットかもしれん。だがこのわたしはちがうんだ」

「それじゃ、そのちがいを見せてちょうだい」真希がすかさずきりこんだ。

北村はうなり声をあげ唇をかみしめた。しばらく虚空をにらみつけていたが、急にまたとろんとした目を真希に向けて、「ところでキミたちの関係は?」と訊いた。

「最初に言ったようにただの知り合いだよ」と明歩が代わって答えた。

北村の目がギラギラと光った。ふっと吐息をもらすと、腕をのばして真希の手を二、三度軽くたたきながら、「キミならわたしのこと、わかってくれるはずだ」と真希の耳もとへささやきかけ、それからあらたまった口調で語りだした。

「ハープが今もっとも力を入れているのは、人間のマインドコントロールにかんしてだ。ハープからの電磁波によって人の脳を刺激して化学反応を起こさせ、思考や感情を支配するということだ。

電磁波の周波数、パルス率、波形、焦点の変化によって、人間の脳にどのような変化が起きるのか、その実験がおこなわれている」

北村の語調は真摯さと熱がこもってきた。明歩はいま語った北村と同じようなことを、宮前吾郎が言っていたことを思いだす。

「メディサ計画というものがある。人間に〈神の声〉を聞かせて、その人間をコントロールするんだ。電磁波を調整して人間の脳に照射すれば、その電磁波はその人間の脳で音声に変わるんだ」

メディサ計画――〈神の声〉によって人間をコントロールする――それは明歩が弥栄の丘で体験したことだった。そのメディサ計画についてもっとくわしく教えてほしいと明歩が言おうとしたとき、北村が言葉をついだ。

「マイクロフォンを使って音声信号を電気信号に変換し、その電気信号がパレス変調してマイクロ波信号を発生させ、それを空中に放射する。あらかじめ〈神の声〉を聞かせたい人間にある化学物質を与えておけば、その化学物質と、空中から脳内に入ったマイクロ波信号が反応して音声が生まれる仕組みになっている。その声は他人には聞こえず、ターゲットにした人間にしか聞こえないというわけだ」

そうだったのかと明歩は思った。今の北村の説明によって納得がいく。明歩が飲んだハーブのなかになんだかよくわからないが、ある化学物質が入っていて、その化学物質と、空中から放射された電磁波の音声信号が反応して、明歩を自殺へ駆りたてた〈神の声〉が脳内で発生したというわけだ。あのとき――夢門病院で泊龍成と会い、その別れ際に泊が、明歩は〈神の声〉にしたがうことになるだろう、と言っていたことがなにを意味していたのかがわかるようになった。北村の話と明歩の実体験が符号する以上、北村が語っていることは真実にちがいない。

「マインドコントロールのいきつく先は、大衆《マス》の完全支配だ。人々は頭のなかで聞こえる〈神の声〉にしたがわずにはいられなくなる。そして人類は家畜か奴隷のような存在になるだろう。恐ろしいことだ」

言い終わった北村は、湯飲みをとって残っていたお茶を飲みほした。

北村ははっきりとは言わないが、大都宇宙科学研究所はハープによって人間の家畜、奴隷化のための実験をこの町でおこなっているということだろう。これからこの町で実際になにが起きるのだろう、明歩はそのことを訊いてみようと思ったとき、また北村が語りだした。

「メディサ計画だけではない。ハープを活用してゴッドシールド計画、ブルービーム計画というものもあるんだ」

「そのゴッドシールド、ブルービーム計画ってどんなものですか?」明歩は訊かずにはいられなかった。

「知りたいのか」

明歩は大きくうなずいた。真希も興味をそそられたように背をかがめて聞き入る姿勢をとった。

「知らないほうがいいのかもしれん」北村はそっけない様子で言った。

「いいえ、わたしは知りたいわ」真希は北村を見つめて言った。北村は真希を見かえして話をつづける。

「ゴッドシールド計画にかんしていま言えることは、電離層は有害な宇宙線から地球を守っているのだが、ところがハープからの電磁波によってこの有害な宇宙線を地上へ降り注ぐようにすることもできるんだ。つまりある地域は宇宙線から守られ、いっぽうの地域は有害な宇宙線にさらされることになる。宇宙線にさらされる地域ではどんなことが起きるのか、想像したまえ」北村は真希をじっと見つめ、それから大げさにいたましそうな様子で目を閉じてみせた。明歩と真希は顔を見あわせた。目をあけた北村はまたしかつめらしい口調で話をつづける。

「ブルービーム計画というのはだな、ハープからの電磁波によって空中にビジョンを描きだすことができるんだが、そのビジョンによってキリストや仏陀の再臨をつくりだして、聖書などでいわれているこの世の終末を演出することなんだ。キリストや仏陀を信じている人々は、そのビジョンを見て涙を流しながら集まってくることだろう。しかし目で見えるもの、耳で聞こえるものを信じてはならない。それはまやかしなんだからな」

ハープがこれほどの威力を秘めているとは思わなかった。北村がうそを言っているとは思えないだけにそら恐ろしくなってくる。

北村は壁時計を見て、今度こそ話は終わったというように両手をうちならした。明歩は急いで訊いた。「ハープのことはおおよそわかったように思いますが、もうひとつおたずねしたいのは、あなたは宇宙科学研究所においてどのような職場で、どのような業務を担当なさっているのかということなんです」

「すべての業務は、ある大国からコンピューターの遠隔操作によっておこなわれている。われわれの仕事はその指示にしたがうだけだ。あなた……鳴海さんだっけな」北村は手を真希のほうへさしだした。真希はうなずいた。「鳴海さんが言ったようにわれわれは確かにロボットだ。しかしわたしは同じロボットでも、この目で見、この耳で聞き、この頭脳を働かせるロボットなんだ」

「泊龍成という人物をご存じですか?」明歩がぜひ訊いておきたいと思っていたことだ。

「泊龍成?」北村はその名をつぶやいたが、すぐ思いだしたように言った。「お偉がたのなかにその名を見たことがある。しかしだ、お偉がたといってもロボットに変わりはない。彼らもコンピューターに操られてるんだ。そのコンピューターの実体は……」北村は少したためらっていたが、思いきったように言った。「この世界をウラで支配し陰の世界政府といわれる闇の勢力だ。やつらの目的は、ハープを利用しハープを切り札として、ニューワールドオーダーをこの世に実現させることだ。その社会ではじゃまになる者や不要になった人たちは抹殺され、残る人々はやつらの思いのままに統一され管理されるのだ。これがニューワールドオーダーというものだ。そしてこの町がその実験の場として選ばれたわけだ」北村は内からわきおこってくる衝動をおさえきれないといった様子で語った。苦渋の表情を浮かべてさらに言葉をつづける。「今に見ていろ。恐ろしいことが起きるぞ。もはや実験段階は終わったのだ。いよいよそのときが近づいている。わたしにはその足音が聞こえてくるようだ。陽ざしが翳ってきたとき……昼間でも夜のように暗くなってきたとき……そのときは気をつけろ、恐ろしいことが……」

カチッと音がした。

北村ははね飛ばされたように立ちあがった。そのまま突っ立って身体を硬直させた。顔が引きつり目は怯えをたたえて虚空を見つめ、手足がふるえだした。唇がわなないている。なにか言おうとして口が割れた。破裂したように喉の奥からつきあがってきたのは笑い声だった。北村は笑っていた。身をよじらせ手をふりあげ目には涙さえにじませながら笑いつづけている。明歩は声も出ず、その場に居すくんで北村を見守っていた。

北村は笑いやめた。荒い息を吐きながら明歩と真希のほうへ向きなおった。手足のふるえはとまり、表情ももとにもどっている。北村は突っ立ったままふたりを交互に見ておだやかな口調で言った。「おまえたちの顔が見ものだったぞ。さぞおもしろかったことだろう。みんな嘘っぱちだ。陰謀論オタクのおまえたちを担ぐためにでっちあげた作り話なんだ」北村は鼻で笑った。「おれがいま話したことは、おまえたちがのめりこんでいる都市伝説っていうやつだ。こんなことを書いた本は書店に行けばわんさと並んでいる。本を売らなきゃならない出版社と、本を書いてメシを食っていかなきゃならない作家が手を組んでまことしやかに作りあげたほら話なんだよ。とんだお笑い草だぜ」また北村は声をあげてひとしきり笑った。明歩はなにか言おうとした。

「こんなでたらめな話にだまされるんじゃないぞ」と北村はおっかぶせるように言うと、ふたりをにらみつけた。

明歩と真希は北村家を出て、駐車場に停めておいたアクアに乗りこもうとした。

「東野くん」と言う声を聞いた。明歩はふりかえった。弥富繁。こんなところでこの男と会うとは思ってもいなかった。弥富は犬を引き連れていた。

「弥富くん、キミはこのあたりに住んでるのか?」

「十年ほど前だったかな、ここへ引っ越してきたんだ。キミこそこんなところで……」弥富はアクアのドアの前に明歩と並んで立っている真希を見て、「鳴海さんじゃないか」と目を見はった。

真希はにこやかに微笑みかえした。

「やはりな」と弥富はうなずきながら、「おれの思ったとおりだった」と言った。

「ちがうんだ」明歩はあわてて言った。

「いいじゃないか、隠さなくたって。おれは学生時代からおまえたちはこうなるだろうってずっと思ってたんだ」

「時遠会長のことで、鳴海さんと協力して調べてるんだ」

「時遠玄斎さんはまだ帰っていないのか」弥富は驚いたように言った。

「そうなんだ。心配でじっとしておれなくて、こうやって……ところで」明歩は北村家のほうを指さして言った。「あの家の北村秀樹さんを知ってるかい？」

「知ってるというほどじゃないけどな、北村さんはまじめで律儀な人だよ。細君は病身らしいけど……北村さんが時遠会長の失踪とかかわりがあるのか？」

「いや、そういうわけじゃないんだ、ちょっと教えてほしいことがあってな」

弥富は急に思いだしたように言った。「おれんちに寄ってくれって言いたいところなんだが、これから用事があるんでな」

じゃまたなと言って、弥富は犬を引いて立ち去ろうとした。

明歩は呼びとめて言った。「ちょっとだけ、キミにたずねたいことがあるんだ」

弥富は立ちどまってふり向いた。

「吉川トミさんのことなんだ」明歩は性急な口調で言う。「あの人の息子さんは交通事故で死んだってキミから聞いてたんだが、息子は死んではいない、大阪に住んでるってトミさんは言ってたけど、どちらが本当なんだ？」

「それはおかしいな。息子さんは確かに車にはねられて死んでるよ」弥富は首をひねった。「もしかして認知症の気《け》があるのかもしれん。ほかに気づいたことはないか？」

「ほかはまともだ。心配はいらん」

バッグのファスナーのことは言うつもりはなかった。

「そうか。それで安心した。じゃまた頼むよ」と言うと、弥富は急いで歩み去っていった。

14

アクアは住宅街を離れ、町の中心部へ通じるメインロードを走っていた。

太陽は傾いて、赤らんだ陽光が街路樹ごしにまだら模様を路面に描きだしている。

「聞いたでしょ」真希がぽつんと言った。「弥富さんが言ったこと」

「弥富くんが言ったことって？」

長距離トラックが車体の音を響かせて通りすぎていった。

「わたしたちのこと……」

真希の声は鼻にかかって甘かった。明歩は真希が言おうとしていることがわかったが、気づかないふりをした。真希は身体《からだ》をもそもそと動かした。そして明歩の肩にしなだれかかってくる。

真希の髪の香りが鼻をついた。太股《ふともも》を明歩の太股へそっと押しつけてきた。真希は女性だった。

「ねえ、ちょっと車を停めてちょうだい」真希が熱い声で言った。

明歩は車を停めなかった。そんな気分にはなれないでいた。北村秀樹のことが頭を離れない。

ハープのことを真剣に語ったかと思うと、ちょっとした音をきっかけにして態度が一変し、それまでの話を否定したあげく、明歩と真希をあざけりさえした。このことをどう判断すればいいのだろう。そして吉川トミ。認知症かもしれないと弥富繁は言った。もしそうだとすると、バッグのファスナーのことから考えて、トミは明歩のバッグを息子のものと思いこみ、明歩をひったくり犯ときめこんでいるのではないのだろうか。

いま明歩が直面している問題――時遠玄斎の行方、ハープのこと、この町で起きていること、これから起ころうとしていること、闇の勢力の日本メンバーである泊龍成の動向。これらに比べると、トミの問題はたいしたことではないのだろうが、それでもトミのことが妙に心に引っかかっていた。

「あの車」真希がリアウインドーをふりむいて言った。「さっきから尾《つ》けてきてるみたい」

明歩はバックミラーを見た。黒っぽいバンがアクアのすぐ後方を走ってきていた。言われてみれば、さきほどからこのバンはずっとアクアの後方を走っていた。だからといって尾行しているとはかぎらない。

「窓から手をふってるわ」

バンの窓から差し出た黒い服を着た男の腕が手で合図を送っている。停まれと言っているのだ。

「北村さんだわ。先ほどは悪かった、わたしが話したことはすべて本当のことなんだ、そう言いたいのよ、きっと……もうひとりの北村さんのときがそうだったじゃない」

「北村さんは、黒い服なんか着てなかったぞ」

「着がえたのよ……まだ手をふってるわ。早く停めなさい」

明歩はブレーキを踏んで路肩に車を停めた。バンも停車して、その窓からこちらへ来るように手招きしている。明歩はためらった。

「行きなさいよ」真希が命令するように言った。

明歩は走ってきた一台の乗用車をやり過ごして、ドアをあけ道路へおりた。黒っぽいバンへ近づいていく。

バンはスモークグラスのため車内は見えない。一陣の風が吹いて路上の砂塵をまきあげ、明歩の頭髪をなぶった。車の往来はとだえて静かになる。バンの窓から手がひっこんだ。次の瞬間、黒いものが躍り出た。とっさに明歩は身をかがめた。銃声が鳴り響いた。その場に這いつくばる。また銃声が鳴って路面をかすめる銃弾の音がした。つづいて銃声。銃弾が明歩の耳もとをかすめていく。殺されると思った。殺そうとしている男、アクアのなかで悲鳴をあげている真希、死んだ母親が目の前で交錯した。

銃声がやんだ。一台の乗用車が近づいていた。バンはエンジンをかけ、倒れている明歩の横を通って走り去っていった。

「危ないところだった」車内にもどった明歩は大きな吐息をついた。

「ごめんなさい。わたしのせいで……」真希が泣きそうな声で言った。

「謝《あやま》ることはないんだ」

明歩は車をスタートさせた。

「それにしても誰だったのだろう。北村さんじゃなかったようだ」

「泊龍成の手の者かもしれないわ。あなたは狙われてるんだから」

夕闇が迫ってきて、人家の灯りや商業施設のイルミネーションが浮きたってくる。ファミリーレストランのネオンが目に入った。

「きょうはこれでおしまいにして、あそこでメシでも食おうじゃないか」

「そうね、そういえばお腹がすいたわ」真希が元気づいて言った。

そのとき、中央分離帯をへだてた反対車線を走ってくる黒いバンに気づいた。窓のあたりでなにかが動いている。

「伏せろ！」明歩は叫んだ。

銃声が鳴り響いて、運転席側の窓ガラスに衝撃が走った。バンは走りすぎていく。そのあとに硝煙が漂っている。助手席でかがみこんでぐったりしている真希。

銃弾は、助手席の人工皮革の側面にめりこんでいた。


その男のことを思いだしたのは、ファミリーレストランで食後のコーヒーを飲んでいるときだった。

就職の斡旋を依頼した泊龍成に紹介され、弥栄の丘で会った羽追という男と運転手。あのとき二人は黒い衣服を着ていたし、乗っていた乗用車も黒塗りだった。先ほど発砲してきた男も黒い服を着て、車種こそちがったが黒っぽいバンだった。あの羽追か運転手のどちらかが明歩を殺そうとしたのだろうか。それも北村と会って、ハープのことを聞いた直後だった……。

明歩はどきりとした。いやな予感が胸を騒がせている。真希は椅子の背にもたれかかってぐったりとした様子で目を閉じている。ピストルを発射されたときの衝撃がまだ残っているのかもしれない。

明歩は意を決して北村家へ電話をかけてみた。もしもしと声をかけたとき、いきなり北村の妻の甲走《かんばし》った声が耳に飛びこんできた。

「主人はなにもしゃべっていません。あの人たちとは世間話をしただけです。本当です」

明歩がご主人はと言いかけたとき、さらに妻の切迫した声が伝わってくる。「お願いです。主人を返してください。主人は口の堅い人間です。なにもしゃべっていません、ですから……」妻が言葉を切ったとき、すかさず明歩は「ご主人はどうかなさったんですか?」と訊いた。はっとしたように息をのむ気配が伝わってくる。

「ぼくは昼間お伺いした者です。ご主人になにかあったんですか?」明歩は重ねて訊いたが、そのときには電話は切れていた。

真希は依然として目を閉じて眠りこんでいる様子だったが、起こさないわけにはいかない。北村秀樹はだれかに拉致されたようだと告げると、真希はまさかと言って驚いていた。

「キミから電話してみてくれよ。男のぼくじゃ警戒してなにも話してくれないんだ」

「それよりも、北村さん宅へ行ってみましょうよ」

真希はすっと立ちあがった。いつもの活気がもどっていた。明歩も立ちあがった。

「昼間お伺いした者です」

北村家の玄関フォンに向かって真希が声をかけた。返事はない。家のなかは灯りがついていたが、しんと静まりかえっている。真希はさらに言った。「昼間おたずねした者です。ご主人のことでお話ししたいことがあるんです」

反応はない。どうしようと問いかけるように真希は明歩を見た。もう少し待ってみようと明歩は告げた。

やがて人の気配がした。玄関のドアが細めにひらいて、北村の妻がためらいがちに顔をのぞかせた。冷たい目で真希を見、それから明歩を見た。

「ご主人は？」と真希がたずねた。妻は黙ってふたりの顔を交互に見ただけだった。

「ご主人はどこかへ連れていかれたんですか？」今度は明歩が訊いた。

「あなたたちのせいだわ」妻は憎々しげに言った。青白い顔に赤みがさし、息づかいが荒くなっている。

「誤解です。ぼくたちはご主人からなにも聞いてませんよ」

「だったら、あいつらにそう言ってください」

「言いますよ。どこへ行けばいいんですか？」

妻はしばらくためらっていたが、思いきったように言った。「大都宇宙科学研究所の研修センター。東区にあるんです」それから目に涙をにじませて訴えた。「あいつらは、秘密をしゃべったなどと言いながら……嫌がる主人を無理やり黒いバンに連れこんで……」

ヘッドライトの灯りが闇をきりひらいていく。黒い影と化した木立や、電柱に掲げられた看板が浮かびあがっては怯えたように後退していく。

アクアは、東区にある大都宇宙科学研究所の研修センターへ向かっていた。かつての倉庫を改修した研修センターは、社員の研修とは名ばかりで、実際にそこでおこなわれているのは、不品行をしたり、社の規則を破ったり、上司の命令に逆らったり、仕事の秘密をもらした者に対する拷問や折檻《せっかん》、体罰といった暴力的な制裁の場になっている。そこへ連れていかれた者は永久にもどって来なかったり、そうでなくても瀕死《ひんし》の重傷を負ったり、ひどい後遺症に悩まされることが少なくないと北村の妻は言っていた。そして妻は主人を連れて帰ってくださいと、主人にもしものことがあればわたしは生きていけません、と涙声で訴え、とうとうその場にくずおれてしまった。明歩が助け起こそうとすると、わたしのことより主人をお願いします、早く、早く行ってくださ い、と胸をあえがせながら同じ言葉をくりかえしていた。

「北村さんの応接室には盗聴器がしかけられていたのかもしれない。北村さんとぼくらの話を聞いたやつらがぼくらを殺そうとし、同時に北村さんを拉致したということだな。われわれを襲ったのも黒いバンだったし、北村さんを連れ去ったのも黒いバンだったって北村さんの妻は言ってたからな」

車は東区に入っていた。この道路に沿って行けばやがて目印のパチンコ店が見えてくるはずだ。

研修センターはそのパチンコ店の裏手にある。

「でもわたしたちになにができるのかしら」真希が不安そうに言った。無理もない。あの銃撃をうけたあとなのだ。

実際真希の言うとおりだった。研修センターへ行って、やつらと会ってぼくらは北村さんからなにも聞いていない、だから北村さんを帰してほしいとかけあっても、そうやすやすと応じないだろうし、それどころか、いいところへ来たとばかり捕らえられ殺されるかもしれないのだ。

あなたたちのせいよ、と言った北村の妻の恨みがましい声がよみがえり、どうか主人を助けてください、無事に主人を連れもどしてくださいと泣き叫んでいた妻の顔が浮かんでくる。

「とにかく行くだけは行ってみよう。あとは状況しだいだ」明歩はおのれの胸に言いきかせるように言った。

コミカルなイルミネーションが輝く大型パチンコ店が近づいてきた。パチンコ店の角を曲がった。そのあたりは暗くひっそりとしている。シャッターをおろした古い商店、空き家、畑、空き地が並ぶ道を行くと、その突き当たりに倉庫ふうの角ばった建物が見えてきた。ちょうどパチンコ店の裏手になる。研修センターはパチンコ店の裏手で、かっては倉庫だと北村の妻は言っていた。これが宇宙科学研究所の研修センターにちがいない。建物の横にだだ広い空き地がある。そこへ進入して車を停めた。

「あれだわ」真希がいっぽうを指さした。明歩が見ると、空き地の奥の暗がりに一台の車が停まっていた。黒いバン。明歩と真希を銃撃したあと、北村をこの車でここへ連れて来たのだろう。

「キミはここへ残るか」明歩は言った。「ドアをロックして、外へ出なけりゃだいじょうぶだろ。なにかあったときはクラクションを鳴らせばいい」

「いいえ、わたしも行くわ」真希はきっぱりと言った。

明歩と真希は車を出て、あちこちに雑草が生い茂る空き地を歩いて、建物の正面入り口へ向かった。水銀灯がほのかな灯りを投げかけていた。ふたりはドアの前に立った。大都宇宙科学研究所研修センターと書かれた標札が掲げられている。なかからはなんの音も聞こえてこない。

明歩は試しにアルミ製のドアのノブに手をかけてみた。ドアはひらいた。明歩は後ろをかえり見た。真希は緊張した様子で明歩の手を握ってくる。そっとドアをあけてなかをのぞいてみた。真っ暗だった。人の気配もない。闇に目がなれてきてなかの様子がわかってきた。あたりはがらんとしてコンクリートの壁と床がひろがっていた。

明歩は真希をうながしてなかへ入った。足もとに気をつけながらゆっくりと歩く。歩みを妨げるものはなにもない。調度品、装飾物などはいっさいなく殺風景な空間だけだった。掃除だけはゆきとどいて、ゴミやチリは見当たらなかった。奥へ通ずる廊下がある。廊下にそって仕切られたいくつかの部屋が並んでいた。どの部屋も暗く静けさに包まれている。

「だれもいないじゃない」真希が背後からささやきかけてくる。

「あの部屋を見てみよう」明歩は言った。

ふたりは廊下を進んでいく。闇と静寂が胸をしめつけてくる。真希がさらに強く明歩の手を握りしめた。

とっつきの部屋の前に立った。ドアに手をかけると、そこもひらいた。奥の高窓からかすかな灯りがさしこんでいた。この部屋もがらんとしてだれもいない。ふたりは用心しながらなかへ入った。奥のほうにベッドが横たわっている。鉄製の簡易ベッドには、真新しいマットレスと枕が置かれているだけだった。

ベッドの横にスチール製の薬品棚が立っていた。棚には薬品が入った瓶《びん》や薬箱が置かれ、何本かのアンプルが転がっている。薬品棚の隣に木製の台がすえられ、その上に注射器、腕をしばるゴムバンド、バット、脱脂綿などが見えた。

「ここで自白させる注射を打つんだな」明歩はつぶやいた。意識の抑制をとりはらって、隠していることを自白させる薬品のことを、映画で観たのか、なにかの本で読んだ記憶がある。

ふたりはそこを出て、隣の部屋へ向かった。

そこのドアも鍵はかかっていなかった。だだっ広くなにもない部屋の奥に一脚の椅子が置かれている。ふたりは近づいていった。ただの椅子ではなかった。樫の木でつくられた椅子の座席には数十本の釘が、とがった先端を上向きにして植えこまれ、両側の肘掛けにも同じように釘が並んでいる。椅子の横の台には強靭《きょうじん》そうな皮ひもと、大きさや形の異なる石塊《せっかい》が置かれ、台の下に大小の岩くれが横たわっていた。

明歩はここで拷問がおこなわれると言っていた北村の妻の言葉を思いだした。この椅子に人間を座らせ、その膝と両腕に小ぶりな石から大きな岩を置いていくのだろう。大きな岩を膝の上にのせられたとき、座席に植えこまれた釘の先端が肉や骨を突き刺す痛み……その人間の泣き叫ぶ声が聞こえたような気がした。

ふたりはそこを出て、さらに隣の部屋へ入った。

そこも人の気配はない。暗くうつろな空間がひろがっている。中央に大きな矩形《くけい》の箱が横たわっていた。近づいていったとき、その箱のなかがきらりと光った。明歩ははっとして立ちすくんだ。目をこらしてよく見ると、その箱は水を満たしたステンレス製の水槽だった。その水面が高窓からもれる薄明かりを反射したのだ。

水槽の横のコンクリートの壁に梯子《はしご》が立てかけられ、梯子の上、中、下段に皮ひもがぶらさがっている。

明歩は了解した。水責め――梯子に人間を縛りつけて、この水槽に漬けたり引きあげたりするのだろう。梯子にくくりつけられた人は水に沈められ呼吸ができなくてもがき苦しむ。やっと引きあげられ、ほっとするのもつかの間、また水中へ沈められるのだ。この苦しみは大変なものだろう。

水槽の向こうに木製の簡素な寝台がある。その寝台にも上、中、下部に皮ひもがとりつけられ、寝台のそばの台に漏斗《じょうご》、水差し、水桶が置かれていた。寝台に仰向けに寝かせた人間を革ひもで縛りつけ、その人間の鼻をつまんで口をあかせ、漏斗を喉の奥へ突っこむ。そして水差しから漏斗へ水を流しつづける。犠牲者の胃袋は水でいっぱいになり、もだえ苦しむ。それだけではない。今度はそのふくれた腹をたたいたり、押したりして水を吐かせるのだ。口と鼻から胃袋の水を噴水のように吐きだして、犠牲者は呼吸困難に陥って苦しむのだろう。

明歩は胸苦しくなり、吐き気がしてくる。ふたりはそこを出た。

「もう帰ろうか」明歩はたまらなくなって言った。

「まだ部屋は残ってるじゃない。もしかして北村さんがどこかに……」真希はけなげに言った。はじめは怯えをみせていた真希だったが、ここにきて大胆になっていた。いざというときは女性のほうが肝っ玉はすわっているのかもしれない。

明歩と真希は次の部屋へ入った。

そこも暗くがらんどうだったが、奥のほうに塔のようなものが立っていた。ふたりはあたりに気を配りながらゆっくりと奥へ進んだ。塔のように見えたのは二本の太い柱だった。二本の柱は八〇センチほどの間隔をあけてまっすぐ天井近くまで達している。柱の上端に光るものがぶらさがり、柱の下部には半円形にくりぬかれた板がはめこまれていた。もう一度見なおすと、柱の上端にとりつけられた光るものは鋼鉄の刃先だった。その刃先が急降下して、明歩の頭上へ落ちかかってくるような気がした。背筋に悪寒が走った。

「ギロチンじゃないか」

こんなところにギロチンとは驚きだった。ミニチュアではない。本物なのだ。実際にこのギロチンを使うことがあるのだろうか。それともただの脅しのためのものなのだろうか。

明歩は視線を移した。ギロチンの横に台がすえられ、その上になにかが置かれている。高窓からほのかな灯りがさしこんできて、それを浮きたてさせた。真希も明歩の肩越しにのぞきこんだ。

そのとたん、真希の口から悲鳴がほとばしった。明歩の背にしがみついてくる。「……北村さんが……ひどい」ふるえる声を絞りだした。

生首——台の上に置かれていたのは男の生首だった。頭髪を乱し、目をひらいたまま前方をにらみすえ、首筋は血まみれだった。北村さんはこのギロチンで……明歩の心臓はのたうち、全身の力はなえてその場に倒れこみそうだった。その気持ちと戦いながら、もう一度見た。

「北村さんじゃない」明歩は大きな息を吐いて言った。

それは蝋《ろう》人形の首だった。明歩がそう言っても、真希は明歩の背にしがみついたまま蝋人形を見ようとはしなかった。

ふたりはその部屋を出た。

真希は蝋人形の首を北村のものと思ったときの衝撃が残っているらしく、ぐったりと疲れた様子をしていた。さすがの真希ももう帰ろうと言いだすのではと思ったが、これが最後だからと言った。確かに次の部屋が最後だった。

その部屋はいっそう暗かった。窓には厚いカーテンがかかっている。そこもがらんとして人気がないことに変わりはない。暗闇に目がなれてくると、奥のほうにぽつんとなにかが立っていた。明歩は足元を確かめながら、ゆっくりと歩を進めていく。空気が重く息苦しさをおぼえ、冷たい隙間風が頬をかすめていく。厚いカーテンが揺れてかすかな灯りがもれてくる。目の前になにかがぶらさがっている。明歩の足はすくんだ。背後で真希が息をのむ気配がした。

人間の足首——足首だけではない。足首から膝、太股、腰布におおわれた下腹部、肋骨が浮き出た胸、うなだれてやせた顔、その頭には茨の冠がかぶせられ、両手を水平にひろげている。男の背後には十字架が立っている。両手、両足は十字架に釘づけにされ、腹部には何か所かの傷口がひらけ、干からびた血がこびりついている。

「これも蝋人形だよ」明歩は言った。

イエスキリストの磔刑を模した蝋人形だった。

先夜出現したときの時遠玄斎の言葉がよみがえってくる。

「キミはイエス・キリスト誕生にまつわるＵＦＯを見たのだ。キミはイエスのような存在なのかもしれない」

あれは夢だった。自分とイエスはかかわりがないのだ。明歩はおのれの胸に言いきかせた。

そのときだった。首筋にひんやりとしたものを感じた。見あげると、イエスの頭上あたりからなにかが滴《したた》りおちてくる。さける間もなく明歩の額へ降りかかり、頬へ流れおちた。頬へ手を当てると、ぬるぬるしている。血だ。

血はさらに勢いをまして落下してきた。

明歩は叫び声をあげた。


「宇宙科学研究所の研修センターへ行ってきたけど、ご主人はいなかったし、だれもいませんでした」真希が電話に出た北村の妻に言っている。

「そんなはずはありません。主人はそこへ連れて行かれて、ひどいめに……拷問や折檻を……」

「確かにそんな道具や装置はありました。でもご主人はどこにも……そのほかの誰も……わたしたちにできることはこれだけです。これ以上のことはわたしたちには無理です」真希は感情をおしころし、抑揚のない声で言った。

「そんなことを言わないで。あなたがただけが頼りなんです。なんとかして主人を見つけてください。連れもどしてください。お願いです」

今にも泣きだしそうな声で哀願する北村の妻の声が、電話器を通して明歩の耳にも伝わってくる。

「警察に通報してください。警察ならなんとかしてくれるはずです」

「警察ですって」妻の声がうらがえった。

「警察に頼むしか道はありません」と真希は言った。だがすぐ電話は切れたという手つきをした。

やはりなと明歩は思った。

15

「おはようございます」と声をかけて入ってきたのは吉川トミだった。

トミは運んできたトレイを明歩の前に置いた。トレイには飯を盛った茶椀と、温かそうに湯気をたてている味噌汁が入った汁椀がのせられていた。

「あなたは朝食を抜いてるんでしょ。どうぞ召しあがってください」トミは微笑みを浮かべて言った。

「これはどうも」と言って明歩は頭をさげた。トミが言ったとおり、このごろ朝食はとっていなかった。今はこれでもいいが、勤めるようになればきちんと朝食はとらなければと思っていた。

「気をつかわせてすみません」

「いいえ、気なんかつかってませんよ。残り物をおしつけるようで悪いんですけど」

それではいただきます、と言って明歩は箸をとった。ふだん朝はパン食だったが、母親と暮らしていたときはご飯と味噌汁だった。

トミは立ち去ろうとはせず、にこにこしながら明歩が食べる様子を見ている。

「けさ、久しぶりに息子へ電話してみたんですよ」トミはうれしそうに言った。

明歩はまた始まったと思った。弥富繁は、トミの息子は確かに死んでいると言ったのだ。老人の妄想につきあわされるのはうんざりだった。しかしトミが次に話したことは聞き捨てにはできなかった。

「けさ、テレビのニュースを見てたの、そしたら北村秀樹という人が亡くなったっていうものだから……それも自殺っていうじゃない。それで息子のことが心配になって……」

「北村秀樹っていう人が自殺したって……それは本当のことですか？」

「テレビのニュースなんだから本当なんでしょ。息子の名前も秀樹っていうんですよ。それで息子のことを思いだして電話したってわけ。わたしの秀樹はぴんぴんしてて安心しましたわ」トミはまたうれしそうに欠けた歯並みを見せて笑った。

息子へ電話し、息子は元気だったという話は別として、北村が自殺したというのは事実かもしれないと思った。しかし自殺ではない。殺害されたのだろう、自殺に見せかけて。主人を連れ帰ってくれと泣いて頼んでいた北村の妻の顔が浮かんで胸がいたんだ。

一度真希に確認してみなければならないだろう。そのとき携帯電話の着信音が聞こえた。真希からだった。

「北村秀樹さんの遺体が発見されたの」真希は沈痛な声で言った。

明歩が北村秀樹から聞いたハープにかんすることを語ったのは、その日の午後だった。時遠家の応接室。

時遠夫人、時遠哲、宮前吾郎、古木、山石がソファに座って熱心に聞き入っていた。明歩の隣には真希がいて明歩の話に相槌をうったり助言をしていた。

ハープの施設が大都宇宙科学研究所にあること、ハープから放射される電磁波によってマインドコントロールの実験をおこなっていること、明歩に自殺衝動へ駆りたてた頭のなかで聞こえた声も電磁波によるものだったことを話し、いよいよ実験段階が終わって、これからやつらの最終目標である、なにか恐ろしい重大な計画が実現されるだろうと話を結んだ。

「その北村っていう男は」いらいらしながら聞いていた宮前が、底意地悪そうに言った。「大都宇宙科学研究所の研究員なんだろ？」

「そうです。だからよく知ってたんですよ」明歩が答えた。

「おかしいじゃないか」宮前は声を上ずらせた。「宇宙科学研究所の研究員が極秘事項であるハープのことを、見ず知らずのキミたちに話すわけはないじゃないか」

そうだよ、と古木と山石が口をそろえて言った。

「そこなんですよ」明歩は待ちかまえていたように言う。「北村さんは、ぼくらにその話をしたあとだれかに連れ去られ、そしてきょうの未明、首をつって死んでいるところを発見されたんです」

えっ、と言う驚きの声が一斉にあがった。

明歩はつづけて言った。「警察は自殺として処理したようですが、ぼくは自殺を偽装してやつらが殺したんだと思っています。やつらは北村さんとぼくらが話をした部屋に盗聴器をしかけていたんです。北村さんが秘密をしゃべったことを知ったからこそ、やつらは北村さんを殺害したんですよ。北村さんが真実を語ったなによりの証拠じゃないですか。北村さんが話したことが真実でなかったら殺されることはなかったでしょう……北村さんはお気の毒でした。申しわけなかったと思っています。ぼくたちさえ話を訊かなければ……」胸がこみあげてきて、明歩は声を詰まらせた。真摯に語っていたときの北村の顔が目の前に浮かんでくる。明歩は頭をさげて黙とうした。真希もならった。一同も黙りこんでうつむいた。宮前はしらけた表情で頭をあげたままだった。

「わたしたちも危ないめにあったんです」しばらくして真希が控えめに言った。「北村さんの話を聞いた帰りの車のなかで、後ろからやってきた車から拳銃で撃たれたんです。幸い弾はそれて、わたしたちはこうして無事に……」

「さすがあなたたちね。勇気があるわ」幸絵がうっとりしたように言った。哲も相槌をうった。

古木、山石も感心したように真希を見ていた。

「なにもそんなに騒ぎたてることはないじゃないか」宮前が嫌味《いやみ》そうに言った。「いま東野くんが話したハープにかんすることは、これまでにわかっていたことだ」

「これまでは憶測にすぎなかったことを、東野くんと鳴海さんが身をもって実証してくれたんだ。この意味は大きい」哲が宮前へ諭《さと》すように言った。

「それじゃ訊くがな」宮前は反発するように哲から顔をそむけ、明歩へ険しい目を向けた。「これから先起こる重大なことって、いったいどういうことかね?」

「それは北村さんにもわからないということでした」

「それがわからなきゃな」宮前は嘲るように鼻を鳴らした。「以前も言ったことだが、問題はやつらがなにをもくろみ、われわれがそれにどう対処していくか、あるいはそれをどう阻止していくかだ。それがわからないのならなんにもならん」

「宮前さんにはそれがわかってるんですね」古木が追従笑いを浮かべて言った。

「なんていったって、やつらの計画を阻止することが大事だろ。警察やマスコミ、有力な政治家に働きかけるのもひとつの方法だが、しかしどこも相手にしてくれないことはわかっている。それじゃ夢門病院へのりこんで、泊龍成と対決し、実験はやめろ、計画は放棄しろと談判しますか。泊はひとすじ縄でいくような男じゃない。われわれの要求をききいれるはずがない。せいぜい狂人扱いされるか、それこそ殺されるのが落ちってもんだ。だれだって命は惜しいし、犬死にはしたくないものだ」

「それじゃ、われわれはどうすりゃいいんですか?」と山石がやきもきとした様子で訊いた。

「問題はハープからの電磁波だ。この電磁波が重大で恐ろしいことをひきおこす。その電磁波から各自が身を守ること、それしかない」

「電磁波から身を守る。それはわかりましたが、具体的にはどうすりゃ……」

「鉛で頭をおおうのもひとつの方法だが、これはあまり実用的とはいえない。いま考えてるのは、もっと手軽でだれでもができる方法なんだ。まもなく結論が出るだろう」と言うと、宮前は尊大ぶった様子で一同を見わたした。

「頼みますよ」古木がへつらうように言った。

デスクの上の固定電話の呼び出し音が鳴った。真希はすばやく立って受話器をとりあげた。「宮前さんですか」と真希は言って、宮前へ向かって受話器をさしむけた。宮前が立ちあがって受話器をうけとり、もしもしと話しかけた。宮前はうなずいて相手の話を聞いたり、低声でなにか言っていたが、やがて電話を切ると、ソファにはもどらず、時遠夫人に向かって言った。「会長の行方を知っているという男からの電話です。いまから一時間後に会おう、そこで教えてやると言っています」

おうっという声が一斉にあがった。

「その男とはいったいだれなのかね？」哲が冷静に訊いた。

「来ればわかるって言っています」宮前はあいまいに答えた。

「危ない。やつらの罠かもしれないぞ」古木が言った。

宮前はうなずいて「かもな。しかし会長のことを考えると、行かないわけにはいかない」と断固として言った。そしてすぐにも出ていく素振りを見せた。明歩と真希が同時に立ちあがった。

宮前がじろりとふたりを見て手で制しながら、「危険だ。キミたちはここで待つんだ」と命じ、それから古木と山石へ目を移して、「だれも来るな。わたしにまかせろ」と言い捨てると、宮前はあわただしく戸口へ向かう。

「頼みましたよ」幸絵が立ちあがって叫んだ。宮前はわかったというように片手をあげて、応接室を出ていった。


明歩はハンドルを握りながら、前方を走るアコードから目を放さなかった。宮前の車だ。

宮前が時遠家を出てしばらくして、明歩と真希も時遠家を出た。宮前の言葉にしたがってこのままじっとしているわけにはいかなかった。宮前がどこでだれと会ってどうなるのか見届けたかったし、古木が言ったように、もしやつらの罠で宮前が危険なめにあったときは、なんとかして助けねばと明歩は思っていた。

宮前の車はゆっくりとしたスピードで市街地を抜け、住宅地へ入り、さらに北へ向かっている。

明歩はつかず離れず追走していく。宮前は明歩のアクアを知らないはずだ。まさか明歩がついてきているとは思ってもいないのだろう。念のため真希を後部座席に座らせていた。

「なんだかうさんくさいわ」真希がぽつんと言った。

「なにがだい？」

「あの電話よ」

「どんな男だった？　その電話してきた相手だが」

「知らない男。声にも聞きおぼえがない。名前を聞いておくんだった。中年のごく普通の感じだったけど」

真希が疑うのは無理もないことかもしれない。男が電話してきたことはまちがいのない事実だが、電話の内容を知っているのは宮前本人だけで、ほかのだれにもわからない。しかし宮前が時遠夫人に対してうそを言うとは思えないし、実際にこうして男が指定したと思われる場所へ向かっているではないか。

住宅がまばらになり、田畑や疎林がめだつようになった。がら空きの路線バスが車体をゆらして通りすぎていく。それが通りすぎたあと、陽光をうけてきらめいている観音像が見えてきた。

「夢門病院のほうへ向かってるぞ」明歩が言った。

まもなくその夢門病院が木立越しに見え隠れしてきた。このあたりは泊龍成が聖なる地と言っていた弥栄の丘。明歩が羽追という男と会ったのもこの場所だし、そして泊と会った帰途、神の声を聞いて自殺衝動に駆られたのも、この道路の崖の上に当たる。宮前に電話してきた男が指定してきた待ち合わせの場所がこの辺なら、古木が言ったようにやつらが罠をしかけて宮前を呼びよせたのかもしれない。

アコードのブレーキランプがついた。

やはりと思いながら明歩もブレーキを踏んだ。宮前の車は崖際の路肩に停まった。道路の反対側は渓流だった。明歩は車を停めるわけにはいかなかった。アコードの横をスピードアップして通りすぎた。運転席でぼんやりしている宮前が見えた。宮前は明歩のアクアには目もくれなかった。明歩は少し走って、崖に沿ったカーブを曲がったところで車を停めた。明歩が車をおりて曲がり角へ行ってのぞいてみると、宮前は車を出て、渓流のほうを眺めながら煙草を吸っていた。時遠家を出て一時間近くになる。一時間後に電話の男と会うと宮前は言っていた。ここでその男と待ちあわせているということだろうか。

「おかしいじゃない。こんなところで待ちあわせるなんて」明歩の背後からのぞき見ていた真希が言った。真希の言うとおりだろう。しかし宮前をおびきよせる罠だとすれば、こんな場所こそふさわしいのかもしれない。

煙草を吸い終わった宮前はその場にたたずんだまま、なんとなく渓流のほうへ目をやっている。だれも現れる気配はない。時たま往来する車も素通りしていく。時間だけが経過するだけだった。

どこか身をひそめるところはないか、とあたりを見まわしたが見つからなかった。このまま見守っているほかない。

「どれほど待ったって待ち人なんか来ないわよ」真希が揶揄《やゆ》するように言っている。来ないほうがいい、これがやつらの罠なら、明歩はそう思った。大きな伸びをしてから、宮前はアコードへもどった。ふたりもあわてて車に乗りこんだ。宮前の車がアクアの横を走りすぎていく。しばらくして明歩も車を発進させ、アコードを追っていく。

「待ちあわせの場所はあそこじゃなかったんだろうな。ちょっと休憩をとっただけだろ」

「そうかしら、約束の時間はとっくに過ぎてるのよ」真希は辛らつに言った。

宮前の車は渓流にかかる橋をこえ、夢門病院へ向かう左ではなく右の道路へそれた。うす暗い木立のあいだをぬけ、民家と田畑にそった、先ほど走行してきた道路へ入った。そして宮前の車はもと来たほうへ向かって走っている。

「どうなってるんだい」明歩はわけがわからなくなってつぶやいた。

「やはりだわ、わたしの思ったとおりよ」と真希が声をはずませて言った。「ひと芝居うつつもりよ。宮前はあなたの向こうをはって、自分がどれほど会長のことを思い、会長のためなら命も惜しまない勇敢な人間だってことを見せつけたいってわけよ」

「芝居か。真希さんの言うこともわからんことはないが、しかし実際に男から電話がかかってきたんだぞ」

「それは……サクラ。きっと宮前の知り合いかなんかよ。あの時間帯に時遠家へ電話して来いって頼んでおいたってこと」

なるほどと明歩は思った。真希の言うとおりかもしれない。男から電話がかかってきたとき、古木が危ない、やつらの罠だと言ったのもあらかじめしめしあわせていたことなのだろうか。早くから宮前を疑っていた真希の直感は、さすが鋭いといまさら思う。

宮前の車は田畑や住宅地をぬけて市街地へ入り、時遠家をめざしているようだった。

「これから時遠宅へ帰ってどんな狂言を演じるのか、見ものだわ。ヤマ場にさしかかったところで、わたしたちが出ていって、あいつの化けの皮をはがしてやりましょうよ」真希は笑いをかみころすように言った。うきうきとした様子で今にもハミングの声が聞こえてくるようだった。

こんな話をでっちあげて皆をだまそうとする宮前をゆるせないと明歩は思った。だがいま真希が言ったような芝居がかった真似はしたくない。だが真希のことだから必ずそうするだろうし、それをとめることはできない。明歩も協力しなければならなくなるだろう。これもしかたがないと思った。悪いのは宮前なのだから。この際、お灸をすえておくほうがいいのかもしれない。

そのとき、胸のなかでなにかがめばえた。予感とかインスピレーションとも形容しがたいもの。それは急に勢いをましてふくらみつづけ、やがて盤石のように胸のなかで居座った。さらにそれは自分の意思ではおさえがたい衝動となった。

明歩はハンドルを大きく切った。

「どうしたの」真希が驚いて素っ頓狂な声をあげた。

明歩のアクアは、交差点で車の往来がないのを確かめてUターンし、いま来た道を逆走していた。

「どうしたの？　どういうつもりなの？　どこへ行くのよ！」真希は明歩の肩に両腕をかけてゆさぶった。

「自分でもよくわからないんだ」本当にそうだった。はっきりとした意思や目的があるわけではない。気がついたときには、いつの間にかハンドルを切ってUターンしていたといっても過言ではなかった。

「なに言ってるの。宮前をとっちめてやるいいチャンスなのよ。早くバックして……バックしてちょうだい」真希はいらだって足を踏みならした。

明歩は真希の声も耳に入らなかった。胸の底からつきあがってくる衝動に駆りたてられたままアクセルを踏みつづけていた。

明歩の車はふたたび弥栄の丘を走っていた。

宮前がみんなをだましていい気になってるかと思うとむかつくわ。あいつの鼻を明かしてやらないことには気がおさまらないなどと真希は言いつづけ、どこへ行くつもり、なにを考えてるの、早くバックしなさいと甲走った声を張りつづけていた。

明歩は車のスピードをゆるめた。これも意思や目的があったわけではない。足がひとりでに動いていつの間にかブレーキのペダルを踏んでいたのだ。

ここは先ほど宮前が車を停めて煙草を吸ったあたりだった。明歩がスピードをゆるめたからだろうか、後ろでわめいていた真希が口をつぐんで静かになった。後続車がないことを確かめて、さらに徐行し、あたりへ目をやった。このときもはっきりとした意図があるわけではなく、ただなんとなくそうせざるを得ないといったものだった。胸の底でうごめいている、言葉ではあらわせない深層意識の働きによるものかもしれない。

このあたりは泊龍成が言った聖なる場所、そして明歩が自殺衝動に駆られた道路の崖下になる。左側は荒くれだった岩肌を露出した崖がそそり立ち、右側は渓谷を流れる谷川が静かな水面を見せている。

煙草を吸いながらぼんやりとこの渓流を眺めていた宮前の姿が頭のなかに浮かんだ。宮前はなんの意味もなく、ただ漫然と眺めていたのだろうが、いま明歩はこの渓流を見なければならないという切迫した衝動につき動かされていた。その結果、なにがわかるのか、どうなるのかとそんなことを考えることもなかった。

ゆっくりとしたスピードを保ちながら、車の窓から渓流を見つづける。流れはおだやかで、樹木の緑葉を映して川底の小石が見えるほど透きとおっていた。ところどころに浮かぶ岩で波がくだけちり、そのいっぽうでは流れがよどんで青みをたたえた淵をつくっている。

真希もなにかを感じたのか、黙りこんだまま明歩にならって渓流のほうをのぞき見ている。

明歩は流れの対岸に目を向けた。対岸は木立におおわれたなだらかな斜面がおりていて、水際には水草が生い茂っていた。風が吹いて樹木の枝葉がざわめき、なにかに驚いたように小鳥が飛び立つ。車の往来はとだえてあたりは静まりかえっている。後ろで真希が息をのむ気配がした。

「あれは……」真希がかすれた声で言った。明歩がふりむくと、真希は窓際に身をのりだしながら、渓流のいっぽうへ人差し指をつき向けていた。

明歩はそのほうを見た。

靴だった。

対岸の松の木が水際へ大きく傾いて垂れさがり水面をおおっていた。その松の枝葉のなかから、水面に漂いながら茶色がかった革靴が突き出ている。

「あの靴、見おぼえがある」真希があえぐように言った。

明歩はアクアを路肩に寄せて停めた。ふたりはあわただしく車を降り、通りすぎる一台の乗用車をやりすごして、渓流をのぞむ道端に立った。そしてその靴を見た。

茶色がかった革靴は、二足がきっちりと並んで爪先を上にして突っ立ち、甲から黒っぽい靴下が見えたような気がした。

ふたりは言葉も出ず、その革靴を見つづけていた。

そのとき一段と強い風が吹いて、川面をおおっていた松の枝葉をひとしきり揺さぶった。

真希が叫び声をあげた。枝葉から革靴が押しだされ、つづいて出てきたのは紺のスラックスだった。水面を漂いながら、たっぷり水分をふくんだそのスラックスは、太股のあたりまであらわになった。木の枝に引っかかっているのか、それ以上は出てこなかったが、枝葉越しに茶のジャケットと、男の顔らしいものが透けて見えた。それは材木を組んだ筏《いかだ》にしばりつけられた男の遺体だった。

「あの人は!……」

真希は声をのんで明歩にしがみついてきた。

16

その遺体は時遠玄斎だった。

時遠夫人に代わって時遠哲が確認した。哲の話によれば、警察は現場検証の結果、死後十日ほどたっているという。十日前といえば、玄斎が行方不明になった日だ。死因は解剖の結果を待たねばならないが、衣服の乱れや外傷はなく、自殺、事故の可能性が高い。しかし遺体が筏にくくりつけられていたことから他殺も考えられ、その場合はどこか他の場所で殺害されたあと、ここへ運ばれて隠匿されたのだろう、と警察は説明したということだ。

明歩と真希は、遺体の発見者ということで事情聴取をうけた。

どうしてあのように遺体を発見することになったのか、と警察官は質問した。明歩は宮前を追っていたことなどはいっさい省いて、ドライブの途中、子供のころあのあたりでよく川遊びをしたことがあり、そのことを懐かしく思いだしながら眺めていると、思いがけず遺体を発見したのだと答えておいた。

翌日、ふたりは時遠家を訪れた。

時遠家をわが物顔でとりしきっていたのは宮前吾郎だった。時遠夫人は遺体発見の知らせに衝撃をうけて寝込んでしまい、哲も遺体を確認し、電話で親類や知人に玄斎の死を通知したあと、体調不良を訴えたからだ。

宮前は夫人と哲に代わって弔問の電話や来客の応対をひきうけ、集まってきた会員に指示を与えたり、通夜、葬儀にかんしても業者と交渉をおこなって万事ぬかりなくやってのけていた。明歩と真希がなにか手伝うことはないかと申し出ても、なにもないとにべもなかった。

ふたりが応接室でもう帰ろうかと言っているとき、哲がふらふらしながら入ってきた。

「だいじょうぶですか？」と明歩は声をかけた。

「たいしたことはないんだ」と哲は言って、倒れこむようにソファに座った。

「幸絵があんな具合だから、わたしがしっかりしなきゃいけないところなんだが、めまいがしてね……日ごろから血圧が高いんだ」

哲の声はよわよわしく、顔は青ざめて目が充血していた。

「宮前がよくやってくれてるんで大いに助かってるよ」哲は相好《そうごう》をくずし、「それから」と言葉をついだ。「宮前はなかなか勇敢な男だ。見なおしたよ。宮前は昨日、未知の男から、会長の行方にかんして教えてやるから来いという電話をうけとった。やつらの罠だと皆は危ぶんだんだが、宮前は臆することなくひとりで出かけて行った。宮前が男と会ったところ、いきなりその男は刃物で切りつけてきたんだ。宮前は怯まず男と戦い、刃物を奪いとってとりおさえようとしたんだが、逃げられたっていうことだ。宮前は手に切り傷を負った。刃物を持った男と素手で戦ったんだからな……。さすが〈宙の会〉の次期会長だけはあると感心した」

明歩と真希は顔を見あわせた。真希はやはりわたしの言ったとおりでしょ、というように合図を送った。そういえば先ほど宮前と会ったとき、左手に大きな包帯をまいていた。念の入った芝居だと明歩は思った。

「警察は会長の死を他殺の可能性もあると言っていたが、本当に本腰を入れて捜査をやってくれるのかね」と哲は愚痴をこぼしていたが、ちょっとまた横になってくると言って、応接室を出ていった。

「がまんできないわ。あいつをとっちめてやりましょうよ」真希は息まいて立ちあがった。

「こんなときだ。やめておけよ」明歩は諫《いさ》めた。

明歩が二階へあがって時遠夫人の寝室を訪れ、夫人にいたわりと慰めの言葉をかけて階下へもどってきたとき、リビングから真希の声が聞こえてきた。リビングへ入っていくと、真希と宮前がにらみあっていた。

宮前はじろりと明歩を見たが、すぐ真希へ向かって言った。「わたしはうそなんか言ってはいない。どうしてそんなことを言うんだ?」

明歩は包帯をまいた宮前の左手を見た。宮前はその手を隠すように背中へまわした。

「あなたは電話をかけてきた男と会ってきたって皆さんに言ったようだけど、だれとも会ってはいない。まして男に刃物で切りつけられたなんて、よくもそんなことを……あなたは弥栄の丘で車を停めて煙草を吸っただけ。あのあたりで会長の遺体が見つかったんだから罰が当たるわよ」

宮前は口をつぐんだ。その顔は青ざめたようでもあり赤らんだようにも見えた。唇がわなないている。「会長の遺体を見つけたのはキミたちのお手柄だった」と言ってごまかそうとした。

真希はさらに言いつのった。「わたしたちは見てたのよ。あなたの車の近くにアクアが停まってたでしょ。あのなかにわたしたちはいたってこと」

「おまえたちはわたしをつけていたのか」宮前はいまいましそうに唇をかみしめた。

「そうよ、あなたのことが心配だったから」真希は皮肉をこめて言った。「東野さんはもしものことがあれば、あなたを助けようって真剣に考えてたのよ」真希はさらに追い打ちをかけるように言う。「あなたが刃物を持った男と素手で戦ったって言いはりたいのなら、その包帯をほどいてみせてくださいな」

宮前はうめき声をあげて、また包帯をまいた手を背へまわした。そして険しい顔つきでふたりを交互ににらみつけていたが、急に表情をやわらげて、「キミたちは本当によくやった。しかしキミたちが会長の遺体を発見できたのは、わたしを追っかけてきたからだし、そしてわたしがあそこで煙草を吸ったからこそだろ。言ってみりゃわたしのおかげというものだ。それにわたしのことにしたってだ、わたしがやつらにおびきよせられ、殺されかかったが、なんとか無事にきりぬけることができた、それでいいじゃないか。だれかに迷惑をかけるわけじゃないんだからさ」

となだめるように言った。

「よかないわ」真希は断固として言った。「わたしはそんなうそ、偽りをゆるしておけない性質《たち》なの」

「心が狭い。もっとおおらかな人間になるんだな」

「皆さんに本当のことを言ってください。そうでなけりゃわたしがばらしますよ」

「勝手にしろ！」宮前はどなった。「わたしは時遠会長のいちばん弟子、会長の右腕といわれる人間だ。わたしの言うこととおまえたちの言うことと、どちらが信用されると思ってるんだ」

宮前は鋭く言い捨てると、荒々しい足音をたててリビングを出ていった。

真希はふんというように肩をそびやかせた。「今すぐっていうわけじゃないけど、いずれおちついたらばらしてやるわ。それでいいでしょ」

真希は明歩に同意を求めた。

明歩はイエスともノーとも言わなかった。このことはたいしたことではないように思えた。このとき、明歩の頭に浮かんだのは、先日、時遠家で宮前が言った、泊龍成と会って直談判すればいいのだが、だれだって命は惜しいし犬死にはしたくない、という言葉だった。そのことがどういうわけか頭にこびりついてはなれなかった。


明歩が階段をあがっていくと、明歩の部屋から灯りがもれていた。消灯して出かけたはずだ。引き戸をあけて驚いた。

「こんなもの、こんなもの」とつぶやきながら、トミがあけ放った窓から手に持った明歩のバッグを外へ投げ捨てようとしているところだった。

「なにをするんですか」明歩はトミの手からバッグをひったくった。それでもトミはバッグをとりかえそうとして、明歩の手にしがみついてくる。

「やめてください。これはぼくのバッグですよ」明歩は大きなはっきりとした声で言った。その声を聞いて、トミはきょとんとして明歩を見た。それから急に顔をゆがめてその場にうずくまった。嗚咽の声が聞こえてくる。

明歩は窓を閉めて座椅子に座った。「どういうことですか。わけをきかせてください」といたわるように声をかけた。トミはうずくまったまま肩をふるわせて泣いていた。ふいに顔をあげて、「そのバッグ……わたしが息子に買ってやったんです」と言って胸をあえがせた。それから息を整えて言葉をつづけた。「息子がほしがってたから、誕生日に買ってやったんです……息子は喜んで翌日、そのバッグを持って出かけたんだけど……その日の帰りにバッグをひったくられて……息子はバッグをとりかえそうとひったくった男を追いかけて……走ってきたトラックに……わたしがバッグを買ってやったばっかりに……」トミはまた声をあげて泣きくずれた。

「息子さんは元気で暮らしてるはずじゃなかったんですか、大阪で」明歩はやさしい口調で言った。

「ごめんなさい」トミは涙声で言った。

これでわかったと明歩は思った。これまでトミがとってきた不可解な言動のその理由を了解したのだ。

トミは若くして不慮の死をとげた息子への哀惜の気持ちと、息子の死は自分のせいだという自責感から、息子は生きているという空想の世界をつくりあげていたのだろう。

「このぼくのバッグが息子さんに買ってやったバッグとよく似ている、このバッグを見ると、息子さんが亡くなったときのことを思いだしてつらくなる、そういうことですね」

トミは黙ったままこっくりとうなずいた。

「わかりました」明歩は意を決して言った。「このバッグは処分しましょう。これは使い古してますから、そろそろ新しいものと買い替えようと思ってたところなんですよ」


その夜、時遠玄斎が出現した。

明歩が歯磨きを終えて寝ようとしたところだった。

玄斎はこれまでと同じく青白い顔をそむけ、ふわっと宙に漂うように立っていた。しかしこの夜の玄斎はどこかがちがっていた。しばらくしてわかったのは、これまでは氷のように冷たい感じがしたのだが、今の玄斎からはなま温かい雰囲気が伝わってくるということだった。

明歩にとっても事態は変わっていた。おごそかに声をかけた。「会長のご遺体が発見されました。偶然でしたが、ぼくと鳴海さんが見つけたのです。どうして亡くなられたのか、ぼくたちにはわかっています。さぞご無念だったことでしょう。しかし先生のご遺志、その不屈の正義心、真理へのあくなき探究心はわれわれの胸に刻みこまれ、うけつがれていくことでしょう。どうか安心して天国へいらしてください。そしてわれわれを見守り、援助の手をさしのべてください」

明歩は敬虔に手をあわせ頭を垂れた。

玄斎は、明歩のこの言葉には応えようとはしなかった。そしていつもの重々しい口調で語りだした。

「太陽がその光を失い、月が王座についたときだ、そのときこそやつらがこの夢門の町を実験の場として進めてきた最後の計画が実現するだろう。それはこの世の終末をシミュレートするものかもしれない。やつらはこの計画を、聖書の予言、すなわちニビル星の地球王エンルリの指示にしたがっておこなおうとしている。

それにはハープがものをいうだろう。ハープの電磁波こそがこの世界の終わりのときと、それからこの町でおこなわれるその終末のシミュレーションにおいて恐ろしい力を発揮するのだ。

やつらは人々が死ぬのをなんとも思ってはいない。人口の削減はやつらが望むところなのだ。殺人などは日常茶飯事のようにやる。しかしそのとき実行されるのは普通の殺人ではない。儀式殺人というものだ。やつらの掟にしたがって実施される殺人のことだ。古代と現代、地上と天上を結ぶためのものだ。儀式殺人は古代の四大元素にもとづいている。すなわち空気、土、水、火だ。このうち空気、土、水による殺人はすでにこの町でおこなわれた。残るのは火だけだ。この火によって最後の儀式殺人が実行される」

玄斎はひと息いれた。明歩は玄斎がとても重要なことを言っているように思え、心耳《しんに》を澄ませて聞き入っていた。

「わが国の最高神は、キミも知っているようにアマテラスだ。アマテラスは、中国の史書魏志倭人伝《ぎしわじんでん》で卑弥呼の名が与えられている。アマテラスは太陽神だったが、卑弥呼は太陽に仕える巫女《みこ》だった。卑弥呼は日食によって太陽が光を失ったとき、その責を問われて処刑されたのだ。最後の儀式殺人は卑弥呼すなわちアマテラスの霊に捧げるものであり、したがって日食のときに執行されるだろう。その場所もアマテラスゆかりの地名が選ばれるだろう。そして最後の儀式殺人の犠牲者として選ばれるのはだれなのか。その人物はやつらにとって難敵であり、もっとも脅威となる者だ。

その男はだれも見たことをないものを見た。それゆえにやつらは、その男を味方にひきいれようとした。しかしうまくいかなかった。今度は亡き者にしようとしたが、これにも失敗した。そして最後の儀式殺人の犠牲者として選んだのがこの人物なのだ。

ところで、罪科《つみとが》もないイエスが捕らえられ処刑されたのは、信頼する弟子にうらぎられたからだ。最後の儀式殺人の犠牲者も、信頼する男にうらぎられたときは、自分がその犠牲者であることを悟らなければならない。

しかしだ、この最後の儀式殺人にはひそかにシリウス星人が介入してくる、とわたしはにらんでいる。やつらは気づいていないだろうが。イエスの処刑はうらを返せばシリウス星人による地球救済の一大セレモニーだったが、今度の最後の儀式殺人ではどうなるのだろう。それはわたしにもわからないが、イエスの処刑と最後の儀式殺人が無関係ではありえないだろう。イエスの処刑のときと同じようなことが起こるのかもしれない。

逃げろ！　逃げるんだ！

しかしその男はけっして逃げはしないだろう。

恐怖におののき絶望にさいなまれるそのとき、輝く光明を見るだろう。人間の本質が開示されるのだ。人間の本質とはなにか——それは愛だ、無限の生命だ。いかなる人間の生命も永遠であり、はかりしれない力を秘めているのだ。恐れることはなにもない。まして最後の儀式殺人に選ばれる者は……。

このことをしっかり胸に刻みつけておきなさい。

もうここで会うこともないだろう。しかしまたどこかで必ず会うことになるだろう……」

玄斎の声はいちだんと高まり、そしてとぎれた。明歩ははっとして顔をあげた。玄斎は向きなおってじっと明歩を見つめている。こんなことは初めてだった。玄斎の目はこれまでとはちがって生気があふれ、崇高な英知と深い慈愛を宿しているように見えた。

次の瞬間、玄斎の姿はいつものようにまわりの空気に溶けこむように消えていった。

明歩は大きな息を吐いた。今夜の玄斎の言葉は一語一句胸にひびいてきた。

古代の四大元素、空気、土、水、火にもとづくという儀式殺人。この殺人のうち三つはすでにおこなわれ、あとは火による殺人だけだと玄斎は言った。そういえば皆渡義信は泥にまみれて死んでいたから土。北村秀樹は首つりによる窒息死すなわち空気。そして玄斎の遺体は水面に浸《つ》かっていたから水だ。残る火によって殺人がおこなわればそれが最後の儀式殺人ということになる。その犠牲者はやつらにとって脅威の存在であり、やつらの魔手から何度か逃《のが》れた人物だという。それはいったいだれなのだろう。

そして最後の儀式殺人は、太陽神アマテラスに捧げるもので、アマテラスにちなんだ場所が選ばれるということだ。古代の四大元素とともに場所が儀式殺人の大きなファクターになるということだろう。そういえば、明歩が頭のなかで聞こえた声にいざなわれて自殺衝動に駆られ、また玄斎の遺体が発見された弥栄の丘の弥栄は、ニビル星の地球王エンリルすなわちヤハウエの名にちなんでいるのだろうか。

そして最後の儀式殺人とともにやつらが最終目標としている恐るべきたくらみが、ハープのパワーを十分に発揮して実現するのは、太陽が光を失い、月が王座につくとき、すなわち日食のときだと玄斎は言った。日食のときになにかが起こる——そのことは宇宙科学研究所の北村秀樹も言っていたことだ。

そして日食はまもなくだった……。

17

明歩は夢門病院へ向かってアクアを走らせていた。泊龍成と会うためだ。

泊と会うことを思いついたのは、宮前吾郎が自分の勇気を見せつけるためにひと芝居うち、その宮前がやつらの計画を阻止するためには泊と会って直談判すればいいのだが、だれだって命は惜しい、犬死にはしたくないと言ったことを思いだしたときから始まり、昨夜出現した玄斎の話を聞いたことで、決意はゆるぎないものとなった。

危険は目に見えていた。宮前が言ったように明歩だって死にたくはない。だがどうしても泊と会いたい、会わなければならないという、胸の底からつきあがってくる情動をおさえることができなかった。

どのような危機に直面しても、これまでのようになんとか切りぬけることができるという気持ちでいた。その半面、今度こそはそういうわけにはいかないのではと思うと、恐怖心が背筋をつきぬけたが、それでも夢門病院へ向けて車を走らせることに変わりはなかった。

真希にはなにも言っていない。この危険にまきこませるわけにはいかなかった。出かける前にメールを送っておいた。

「これからある男と会いに行く。無事に帰ることができたなら、午後四時、レストラン〈ライムライト〉で会おう」という内容だった。このメールを見て、真希は驚いているだろう。ある男とは泊だとすぐわかったはずだ。真希の顔が浮かんだ。会いたい、会いたいとむしょうに思った。

ふいに木立のあいだから、ふりあげた斧《おの》のように先端に黒十字をつけたオベリスクが現れた。


「やあ、待たせたな」とわざとらしく気さくな口調で言いながら泊龍成が現れた。ソファに腰をおろし、向かいあって座った明歩を見つめた。いつものように黒い長髪をオールバックにし、白いローブをまとって、さりげない様子をしていたが、どことなくぎくしゃくとして緊張しているように見えた。

夢門病院の理事長室。

広い窓の向こうになだらかな山の稜線がつらなり、その上空で怪しげな形をした雲が湧き立って陽ざしをさえぎろうとしている。

「実は時遠会長の遺体が発見されたんです」明歩は静かに切りだした。

「そうか。亡くなったのか。それは気の毒にな」泊は大仰《おおぎょう》に驚いてみせた。「行方不明だと聞いて心配してたんだが。会長には教えられたこともあり尊敬していた。まだまだこれからひと働きしてもらわねばと思っていただけに残念だよ。しかし人間は遅かれ早かれいずれは死ぬ。このわたしもキミにとってもな。しかし人間にとって生きることも死ぬこともそれほどのちがいはないのだ。生と死は一如《いちにょ》というじゃないか……ご冥福を祈るよ」泊は目を閉じて黙とうの様子を示した。それから目をあけて言う。「きょうキミがここへ来たのは、このことを知らせるためだったのか。それはご苦労だったな」

明歩は腹をきめて言った。「会長の遺体は、弥栄の丘の渓流で見つかったんですよ。川面に垂れ下がった木の葉に隠されてたんです。どこか別の場所で殺され、あそこへ運ばれたのでしょう」

「会長は殺されたって言うのか」泊の表情が険しくなった。

「そうです。会長は筏に乗せられ水面に漂っていたんです。すなわち水です」

水と聞いて、泊は唖然《あぜん》としたように明歩を見た。明歩はつづけて言う。「話は変わりますが、泊さんはあのハープのことをご存じですね」

「ハープか」泊はまたなにを言いだすのかというように首をひねった。「どこかで聞いたような気もするが」

「そのハープの施設があの大都宇宙科学研究所にあるんですよ。泊さんは名前こそ出ていませんが、その宇宙科学研究所とは深いかかわりがあるはずです」

「なにを言うんだ」泊は色をなして言った。「わたしは大都宇宙科学研究所のことはよくは知らないが、あそこにハープの施設があるはずはない。ハープなんてものは外国の話だろ」

「もちろん外国にもありますが、大都宇宙科学研究所にもあることは確かな事実なんです。ぼくはあの研究所に勤めていた北村秀樹さんという人から直接聞いたんですからまちがいありません」

泊は黙りこんだ。不機嫌そうに両足を組んで腕をこまねいた。

「実はその北村さんも首つり自殺に見せかけて殺害されたんです。研究所の秘密、ハープのことをぼくに話したためです。首つりは窒息、すなわち空気です」

泊はいらだって組んでいた足を解いて床を踏み鳴らした。明歩はなおも言いつのる。「この病院に入院していた皆渡さんは、どなたかの秘密をしゃべったために殺されました。泥のなかに顔を突っこんでね。泥すなわち土です」

「おまえは先ほどから誰だれが殺されたとか、空気、土、水がどうしたとか言ってるようだが、どういうつもりなんだ。いったいなにが言いたいんだ?」泊はいらいらを爆発させるように言った。

「ぼくは古代の四大元素による儀式殺人のことを言ってるんです」

「儀式殺人だと? 先日来たときもおまえは妙なことを話してたが、きょうはそれに輪をかけたようなことを言ってるんだぞ」

「空気、土、水による儀式殺人はすでに済み、残るは火による儀式殺人なんです」明歩は胸の奥底にわだかまっている言葉が、次々と口からほとばしるのをおさえることができなかった。「それから」となおも言いかけたとき、泊がさえぎって言った。「古代の四大元素による儀式殺人とやらで三人の男が殺され、あとひとりもその儀式殺人とやらで殺されるというのか。いったいどこのだれがそんなことを考えて人を殺し、さらに人殺しを重ねようとしてるんだ。そんなことはおまえのいかれた頭がつくりだした空想の産物にすぎない。さすが作家志望だけあって想像力は豊かだ。おもしろいミステリーが書けることだろう。いや、もう書いてるところかもしれんな」

泊はちゃかすように言った。

明歩は泊の言葉を無視して言う。「儀式殺人だけじゃありません。ぼくだって先日ここであなたと会った帰り、ハープからの電磁波によって殺されそうになったんです。弥栄の丘でした。あなたが聖なる土地と言ったところです。会長の遺体が発見されたのもあのあたりです。それからぼくは大都宇宙科学研究所の北村さんの話を聞いたあとでもピストルで撃たれ殺されるところでした」

泊は立ちあがってデスクのインターフォンをとりあげ、なにかを伝えたあとまたもとのソファにもどって言った。「ミステリーといわれる小説や映画では、人を殺した犯人がだれかということが興味の焦点になるんだが、おまえが書いている作品では、その古代の四大元素や儀式殺人とやらで人を殺害し、さらに殺害をもくろんでいる犯人はいったいだれなんだ?」

「ぼくが話してることはミステリーやフィクションじゃありません。あくまで現実のことなんです」明歩は冷静さをとりもどしておだやかに言った。

ドアがひらいて女性秘書が入ってきた。先日訪れたときの女性ではない。女性秘書は運んできたトレイから湯飲みをとりあげ、明歩と泊の前に置いた。どうぞというように明歩へにっこり微笑んで、それからその女性秘書は退出していった。先日はグラスにハーブティーが入っていたが、きょうは湯飲みに緑茶が満たされている。

泊はがらりと態度を変えて、「静岡特産の新茶が入った。かぐわしい香りと味がたまらないんだ。

さあ、飲んでくれたまえ」と愛想よく言った。

「それじゃ、どうぞ」明歩は自分の前に置かれた湯飲みを泊のほうへ押しだした。

「それはキミのお茶だ。わたしのはここにある」

「そうは言わずにこれを飲んでください」明歩はさらに自分の湯飲みを泊の手もとへ押しやった。

「どうしてそんなことを言うんだ？」

泊はおだやかな口調で言ったが、目は怒気をはらんでいた。

「先日ぼくがここを訪れたとき、ハーブティーを出されて飲んだんですが、そのなかにある化学物質が入ってたんです。その化学物質と、ハーブからの電磁波が反応して、ぼくの頭のなかで自殺をいざなう声が聞こえるようになり、その声にあがらうことができなくなって、ぼくは危うく崖下へ車ごと転落しそうになったんです。きょうもこのお茶のなかになにかが入ってるはずです」

「バカなことを言うな」泊は語気を荒げた。「お客に出す飲み物に変なものを入れるはずがない。ハーブティーになにも入ってなかったし、もちろんそのお茶にもだ」

「それなら飲んでください」明歩は執拗に迫った。

「おまえはこのわたしになにを言ってるのかわかってるのか」泊はわめいた。

「飲めないんですか。それじゃこのなかになにかが入ってることを認めるようなものですよ」明歩はさらに詰め寄った。それでも泊は、いいかげんにしろと苦りきった表情で飲もうとはしなかった。

「しかたがありません。このお茶を警察に持って行って調べてもらうことにしましょう。それでもいいんですか」

泊龍成は明歩をにらみつけた。その目は闇夜に燃えるろうそくの炎のようだった。歯を食いしばり唇をかみしめている。だが飲もうとはしない。

明歩はそれじゃと言って、泊の前に押しだしていた湯飲みに手をのばした。泊はその手をはねのけた。ふるえる手でその湯飲みをつかんだ。明歩をにらみつけながら湯飲みを口もとへ運ぶ。そして湯飲みに口をつけて飲んだ。明歩の目にうながされてさらに飲んだ。ごくんと喉もとで音がした。泊はお茶を飲みほして、湯飲みをテーブルへもどした。湯飲みにお茶は一滴も残っていない。明歩は泊を見守った。

泊は平然としていた。どうだ、なにも入ってなかったろうというようににんまりと笑いさえした。

そのとき、泊の身体《からだ》が硬直した。空気を抜かれた風船のように顔がゆがみ、目が光を失って虚空を見つめている。唇をわななかせてなにか言おうとしたが、言葉にならない。両手で喉をおさえた。その手が痙攣している。喉もとをおさえていた両手がさがって、胸をかきむしった。わななく唇からうめき声がもれてくる。うつろな目を明歩のほうへ向け、大きく口をあけてなにか言おうとしながら、そのまま床へくずおれていった。床に這いつくばってカーペットに両手で爪を立て、荒い息を吐きかけた。全身が蛇のようにのたうっている。

明歩は立ちあがって叫んだ。「この茶に毒薬がしこまれてたんだ。先ほどインターフォンであの秘書に言いつけたんだろう。このまえ殺しそこねたことにこりて、きょうは強力な毒薬を盛ったのだろう。その毒薬を自分で飲むはめになった。自業自得だ、天罰っていうものだ」

泊は床に突っ伏したまま苦悶をつづけている。

明歩は勢いづいて言葉をつづける。「これではっきりした。ぼくを殺そうとし、儀式殺人によってあの三人を殺した、……正確に言えば殺すように命じたのは、泊さん、あなただということだ」

泊はうめき声をあげ、いっそう身もだえた。

明歩は憑《つ》かれたようになおも言いつのった。「あなたは陰の世界政府といわれる闇の秘密組織の日本における重要メンバーだ。やつらの指示にしたがって大都宇宙科学研究所にハープの施設をつくり、電磁波による実験をこの町でおこなってきた。そして日食のとき、最後の儀式殺人をやりとげ、最終目標とされる恐ろしい計画を実行しようとしている。だがそれでいいんですか。あなたは日本人だし、夢門の町の名士なのだ。この町を破壊し、この町の住人をひどいめにあわすことはやめるべきだ。今すぐこの計画をやめるよう指示を出してください。あなたならできるはずだ」

カーペットをかきむしっていた泊の手が動かなくなり、波うっていた肩も静かになった。明歩はあわてた。泊は死んでしまったのだろうか。それほどの猛毒が入っていたとは……。

そのとき、笑い声が聞こえた。

明歩ははっとしてあたりを見まわした。だれもいない。床に倒れている泊だけだ。笑い声はつづいている。もう一度周囲を見まわす。やはり人気はない。次の瞬間、明歩は愕然《がくぜん》とした。

泊が目の前に立っていた。泊は笑いつづけながら言った。「おもしろかったぞ、おまえの反応ぶりは。おれの名演技にすっかりだまされたな」

泊は、それまで見せていた苦悶の様子はなくけろりとしていた。

「これでおまえのお茶にはなにも入ってなかったことがわかっただろ。当然のことだがな」泊はもとのソファに腰をおろして、勝ち誇ったように明歩を見た。そして言った。「今度はおまえの番だ。これを飲め」泊は自分の前に置かれた湯飲みを明歩のほうへ押しやった。

明歩はその湯飲みを見た。手は出なかった。

「心配はいらん。わたしに出されたお茶だ。なにも入ってるはずがない。安心して飲むんだな」

明歩はなおもためらった。

「飲めないのか。どうしてだ」泊は語気を強めて、「おまえは、おまえに出したお茶をわたしに飲むように命じ、それに応じてわたしは飲んだ。今度はわたしのお茶をおまえが飲むように命じる。応じなければおまえは男じゃない。人間のクズだ」と詰め寄った。

謀《はか》られたと明歩は思った。泊はあらかじめ明歩の出かたを読んでいたのだ。そのうえで明歩の湯飲みにはなにもいれず、泊の湯飲みに毒薬を……。

泊は鋭い刃物のように目を光らせながら、明歩をうかがっている。その態度にはおのれの意にどうしてもしたがわせてやるという気迫がこもっていた。

明歩は観念した。目の前に置かれた湯飲みのお茶。飲まないわけにはいかない。これが運命なのかと思った。宮前が言った、犬死にという言葉が頭をよぎった。ふるえる手で湯飲みをとって口もとへ運ぶ。真希の顔が浮かんだ。明歩はためらう。明歩に注がれる泊の視線。ひと口のんだ。変な匂いや味はなかった。しかしなにも入っていないわけはないのだ。

「ぜんぶ飲むんだぞ」泊の鋭い声が追い打ちをかけてくる。

明歩は目を閉じた。これで死ぬんだと意識の奥で感じながら、お茶を飲みほした。そして湯飲みをテーブルにもどした。先ほど泊が見せつけたように喉もとや胸が苦しくなってうめき声をあげ、全身が痙攣して呼吸困難に陥るのだろう、そして……。

なにも起こらなかった。泊の笑い声が聞こえてきただけだった。

「見ものだったぞ、おまえの顔。真っ青だったじゃないか。毒が入っているとでも思ったのか」泊は愉快でたまらないといった様子で言った。「これではっきりしたな。わたしはいまも以前もおまえを殺そうとしたことはないということだ」泊は明歩のほうへ指をつき向けた。「そしておまえが先ほどからここで並びたてたこと、ハープや儀式殺人、わたしが闇の秘密組織の日本メンバーで、この町でハープによる実験をおこなっていて、この先恐ろしい計画をたてているなどというのは、おまえの頭から生まれた妄想にすぎないということだ。わかったな」

泊はまた哄笑《こうしょう》した。


明歩はアクアを走らせていた。

泊に要求されてお茶を飲んでもなにも起こらなかったし、前回のように頭のなかで声が聞こえてくることもなかった。あのお茶に有害なものはなにも入っていなかったことになる。

泊にしてやられた。明歩の計略を見すかされていたのだ。せっかくいいところまで追い詰めながらひっくり返され、明歩が暴露したことはすべて自分の妄想にすぎないとかたづけられてしまった。あの事態に至っては反論することはできなかった。やはり泊はひと筋縄ではいかない男なのだ。

しかし胸のなかにわだかまっていたことを、泊の前でぶちまけることができたのはせめてもの慰めだった。

「本来ならわたしに対する無礼な言葉や振る舞い、けっして許さんところだが、きょうのところは見逃してやろう。おまえは特別な人間なのだ。われわれとともに使命を果たさなきゃならないんだからな」

泊は帰り際にそう言った。

「ぼくにもひとこと言わせてください。あなたはぼくらと同じように日本人なんです。やつらに利用されているだけです。マインドコントロールされてるんですよ。目覚めてください。今からでも遅くありません。そして夢門の町と住民を守ってください」と明歩は忠告したのだが、「まだそんな世迷言《よまいごと》をいってるのか。目覚めなきゃならないのはキミのほうだぞ」と逆に諭そうとしていた。

明歩がレストラン〈ライムライト〉の駐車場に車を停めて外へ出たとき、〈ライムライト〉のなかから真希が飛びだしてきた。

「よかった！　無事だったのね」真希は明歩にしがみついてきて、心配してたのよ、と涙声で言った。

真希の身体《からだ》を抱きしめながら、明歩は愛を実感していた。

18

明歩と真希は時遠家を訪れた。

時遠玄斎の葬儀は終わっていた。近親者だけが集まった密葬だった。宮前五郎は参加したが、明歩、真希には声がかからなかった。

応接室。時遠夫人、そのそばに時遠哲が座り、明歩と真希が向かいあっていた。

幸絵はやせて顔色はよくなかったが、玄斎の遺体が発見されたときの衝撃からは立ちなおっているようだった。幸絵は密葬の模様を言葉少なく語った。本来なら盛大な葬儀をしたかったのだが、あのような死にかたではしかたがなかったのだと残念そうに話し、それから宮前にはいろいろな面で世話になったと言うのを忘れなかった。

それを聞いて、真希はためらうのではと明歩は思ったが、逆に駆りたてられたようだった。

真希は宮前にかんする例の一件を話した。宮前が会長の行方を知っているという男から電話で呼び出され、その男から刃物で切りつけられたというのは、宮前の自作自演だったとすらすらと語った。

「その話、本当なの？」幸絵は信じられないといった様子で明歩に訊いた。

「まちがいありません。ぼくと鳴海さんがこの目で見たことですから」と明歩は答えた。この一件を話すことには気が進まなかったのだが、真希はこのまま黙っているわけにはいかないと後に引かなかったのだ。

「宮前さんがそんなことをするかしら」幸絵はまだ納得がいかないというように哲を見た。哲は首を横にふってなにも言わなかった。幸絵も黙りこんだ。それから態度をあらため、明歩へ向かって言った。「そんなことよりも東野さん、あなたのことを警察はしつこく訊いたのよ」

「警察が東野さんのことを……どうしてですか？」真希が驚いてたずねた。

「警察に匿名の手紙が届いたらしいの。東野さんが主人の遺体を発見したこと、主人が行方不明になったあの日、東野さんは主人と会ったにもかかわらず隠していたことをあげて、東野さんのことを調べてくださいと、その手紙には書いてあったそうよ」

明歩と真希は顔を見あわせた。真希の顔はその手紙を書いたのはだれだか知っていると言っていた。

「あきれた。その手紙、だれが書いたのか知らないけど、わたしたちをバカにしてるわ。警察はともかく、わたしはそんな手紙にはだまされませんよ」真希は腹だたしそうにまくしたて、「だれが会長を殺害したのか、わたしたちの目には明らかです。実は東野さんはね」と身をのりだし熱意をこめて言葉をつづける。「先日、夢門病院へのりこんで泊龍成と直談判したんですよ。皆渡さん、北村さん、そして会長を殺したのは泊だと詰め寄ったんです。それから、やつらがたくらんでいる恐ろしい計画をやめさせるように迫ったんですよ」

明歩はひきとって言う。「ぼくがそんなことを言っても泊は適当に言い逃れしたし、いま進めている計画をやめるよう説得したんですが、泊は聞く耳をもたず、おそらくは……」

「そんな話をして、よくもまあ無事に帰って来れたわね」幸絵は半ばあきれ、半ば感心したように言ったが、そこには皮肉っぽさがこもっているようだった。「だからわたしも警察に言ったんですよ。そんな匿名の手紙にはまどわされないで、真犯人を見つけてくださいってね。警察はとりあってはくれなかったみたいだけど、ねえ、哲さん」と言って哲のほうをうかがった。

「そういうことだ」哲はあいまいに言葉を濁した。


明歩と真希は喫茶店に入った。

時遠家からの帰途、車内で黙りこんでいた真希が話したいことがあると言いだしたのだった。

喫茶店はひっそりとしていた。客は背を向けて新聞を読んでいる初老の男性だけだった。

「がまんがならないわ」コーヒーを注文したあと、いきなり真希は言った。

「匿名の手紙のことかい？」

「宮前があんな手紙を警察に送りつけるなんてことはありそうな話だけど、時遠夫人までが……」

真希はおさえていた怒りがぶりかえしたようにおしぼりで手をごしごしとこすった。そう言われてみれば、先ほどの時遠夫人はこれまでとはちがって、どこか煮えきらずよそよそしかったと思った。

「せっかくわたしたちが真実の話をしたっていうのに、宮前さんがそんなことをするかしらだって。まるでわたしたちがうそをついて宮前を貶《おとし》めようとしてるみたいじゃない」真希のうわずった声はとまらなかった。「あの手紙にしたって、わたしたちにとっちゃ子供だましのようなものだけど、夫人にはそうじゃないみたいよ。口でこそこんな手紙にはまどわされないでって警察に話したって言ってたけど、心のなかでは……」

「キミは、夫人がぼくを疑ってるって言うのかい」

真希は返事をせず考えこんでいる。

明歩は言った。「それは、キミの思いすごしっていうもんだよ」

「わかったわ」真希はテーブルをたたいて言った。「宮前が夫人にうまくとりいったのよ。自分の狂言がわたしたちにばらされる前に先まわりして、いろいろと手を打ったにちがいないわ」

それはあるかもしれないと明歩は思った。具体的にどんな手を打ったのか、さすがの真希にもそこまではわからないのだろう。

「あなたは東京の人間だと思われてるのよ。いずれは東京へもどるだろうって……そうだわ」真希は目を輝かせ身をのりだして言う。「そう思われてるのならいっそのこと、東京へもどったほうがいいわ。会長が亡くなったことがわかったことだし、これ以上ここにいても……」

明歩は驚いた。真希から東京へ帰るようにすすめられるとは思ってもいなかった。

「ぼくは東京なんかへもどるつもりはない」口調はおだやかだったが、強い意志をこめたつもりだった。

「あなたひとりじゃない。わたしも行くわ。東京で一緒に暮らしましょうよ」

明歩はとっさに返事ができなかった。真希が東京で一緒に暮らそうと言ってくれたのはうれしかったが、その言葉をうけいれることはできないと思った。

「急にそんなことを言われても……」明歩は口ごもりながら言う。「ぼくにはこの町でやらねばならないことがある。そのことはキミもわかってくれてると思ってたんだが」

「いいえ、わからないわ」真希はきびしい口調で言った。「あなたは会長の遺体を発見し、やつらの秘密を知り、夢門病院へのりこんで泊と対決した。それで十分だわ、やれることはやった。あとのことは個人の力ではどうしようもないのよ」

明歩はなにも言えなかった。

「あなたが言った、そのやらねばならないことってどんなことなの？　わたしにはわかってるはずだって言ったけど」真希は明歩の顔をじっとうかがった。

明歩はすぐには答えられなかった。やらねばならないこと――それはこの町へ足を踏み入れたときからずっと自分の胸の底に棲みついている、言葉ではいいあらわせない衝迫だった。

「わかっちゃいないのはあなたのほうよ」真希はいらだって言った。「宮前はあなたのことを警察に訴えたのよ。そのうちあなたは会長殺害の犯人として逮捕されるかもしれない」

「宮前の手紙なんて……キミはあんな子供だましの手紙にはだまされないって言ったはずだ」

「わたしはね。けど警察はどうかしら」

「ぼくはもちろん会長を殺害していないし、ほかにやましいことはなにもない。警察は手出しができないはずだ」

「なに言ってるの、甘いわね」真希は冷やかすように言った。「警察の後ろにはやつらがいるのよ。なんだってできる。あなたを会長殺しの犯人にしたてあげることくらい造作《ぞうさ》もないことよ」

「警察だけじゃない。司法ってものがある。検察官、弁護士、裁判官がいて、それにマスコミや世論だって……警察が勝手なことはできないんだ」

「みんなグル、みんなやつらの息がかかってる。やつらの思いのまま。そんなこと、あなたにだってわかってるはずよ」

「もしそうなら、東京へ行っても同じことじゃないか」

「いいえ、ちがうわ。東京は広いし、人口も多い。どこかの裏町へもぐりこんでしまえばやつらの目を逃れることができるはずよ」

真希は本気だった。表情は真剣そのものだったし、口調には有無を言わせないような熱がこもっていた。真希とふたりで暮らす東京。いや気がさした東京だったが、真希と一緒なら話は別だ。それがどんなに甘美で幸せにみちたものなのか、明歩にはよくわかっていた。しかし……。

「やはり、ぼくはこの町に残るよ」

「いいかげんにしてよ」真希は勢いよく立ちあがって、「何様のつもり。あんなＵＦＯを見たからって……頭を冷やしてよく考えなさい」と言い捨てると、足音を荒げて店内を横ぎりドアをあけて出ていった。

明歩がめざめたときは八時を過ぎていた。窓のカーテンのあいだから明るい陽ざしがさしこんでいる。

昨夜はよく眠れなかった。喫茶店で怒って出ていった真希のことが気にかかっていたこともあったが、なによりもきょうが特別な日だったからだ。その特別な日が始まろうとしている。

「おはようございます」と声がかかってトミが入ってきた。

「また残り物でわるいんですけど」トミは運んできた朝食を明歩の前に置いた。

「すみません」明歩は頭をさげた。

この朝食はこれで二度目だったが、けさは米飯とみそ汁に卵焼きがついていた。これがたび重なるようだと費用のことを考えなければと思った。

部屋の隅に明歩が買った真新しいショルダーバッグを置いていた。以前のバッグはトミに頼んで処分してもらった。新しいバッグは以前のものとは型やデザインが明らかにちがっている。いただきますと言って、明歩は食事を始めた。

トミが言った。「昨日はびっくりしました。いきなり警察の人がやってきて、あなたのことを訊くもんだから」

明歩は箸をとめた。ここへ警察官が来るとは思っていなかった。真希が話したことはあながち大仰なことではないのかもしれない。

「警察の人は、あなたの部屋を見たいようなことを言うもんだから、わたしゃ言ってやりましたよ。それじゃ令状をお持ちですかってね。警察官は黙ってしまいました」トミは楽しそうに笑った。「わたしゃ警察が嫌いなんだよ。息子のバッグをひったくった犯人さえも捕まえることができなかったくせに、大きな顔してからさ」

「警察がなにを言ったのかわかりませんが、ぼくはなにも悪いことはしていません。トミさんに迷惑をかけるようなことはありませんから」明歩は頬ばった飯を喉へ送りこんだ。

「わかってますよ。だから言ってやりました。あなたがたがなにを調べようとしてるのかはわかりませんが、東野さんはまじめで心のやさしい人なんです。悪いことなんかするはずがありませんってね」と言って、トミはまた屈託なく笑った。

トミは認知症が始まっているのかもしれないと弥富は言ったことがあったが、けっしてそんなことはないと明歩は確信した。

「ところで、きょうは日食が見られるんですってね」トミは窓のほうへ目をやりながらうれしそうに言う。「この日を楽しみにしてたんですよ。長生きはするもんだね。わたしにとっちゃこれが最後の日食ということになるんでしょうけど」

「日食をじかに見ちゃいけませんよ。目を悪くするから」

「わかってますよ」

トミは明歩が食べ終わった朝食のトレイを持って部屋を出ていった。

きょうは、皆既日食の日。

時遠玄斎が言った最後の儀式殺人と、そして玄斎と北村秀樹が語った恐ろしいことがこの日に起きるということだが、それは本当なのだろうか。本当だとしたら、最後の儀式殺人の犠牲者はだれなのだろう。また、恐ろしいこととはいったいどのようなことなのだろうか。

明歩は窓際に立って戸外を見た。

太陽は燦然と輝いて空はおだやかに晴れわたっていた。

19

町の様子はふだんと変わりがなかった。

トラック、乗用車、バイクなどがエンジンとタイヤの音を響かせて往来し、歩道にはせかせかと歩くサラリーマン、買い物バッグをさげた主婦、ゆっくり一歩一歩確かめるように歩く老人たちが行き交い、制服を着て制帽をかぶった数名の児童がはしゃぎながら走りぬけていく。交差点の信号が変わるたびに車の列や人の群れが一定の流れをつくっていた。おいしいと評判のパン屋の前で焼きたてのパンを求める人の列ができ、和風レストランの前では、招き猫の人形が電動で手招きをくりかえしているのもいつもと同じだった。

中天にさしかかった太陽がいつものように強烈な輝きを放って、広大無辺な明るさと温もりを町並みと人々に与えていた。やがてこの太陽が月によっておおわれ、あたりは夜のように暗くなる。そして……。

何事も起こらなければいいのだがと、明歩は祈りたいような気持ちになった。

時遠夫人からメールが届いた。きょうの午後二時に時遠家へ来るようにということだ。午後二時といえば、ちょうど日食が始まるころだ。そんなときにどんな話があるのだろうと思ったが、行かないわけにはいかない。真希に電話してみると、真希も同じメールを受信していた。いつものところで待ちあわせ、アクアで時遠家へ向かっているところだった。

助手席に座った真希はいつもと変わらない様子をしていた。先日、喫茶店で東京へ行く行かないで言い争ったことはなかったかのようだった。明歩にとってはそのほうがありがたかった。といっても、真希は普段とは少しちがっていた。いつもより口数が少なかったし、持ち前のあの闊《かっ》達《たっ》さが影をひそめていた。やはりあの喫茶店のときのこだわりが残っているのだろうか。それともこの日に起こることを案じているのだろうか。あるいはこれから行く時遠家でどんな話があるのかと気をもんでいるのだろうか。時遠家で宮前と顔を合わせることになるのだ。

明歩も宮前のことが気がかりだった。明歩と真希が時遠夫人の前で宮前の虚言を暴いたことを、宮前は夫人から聞いているだろうし、こちらにしても、宮前が明歩を告発する手紙を警察へ送ったことを知っている。真希と宮前は激しい気性の持ち主である。一触即発、場合によってはただではすまないかもしれない。

「千歳さんじゃないの」真希が言った。

前方の歩道を皆渡千歳が背を向けて歩いていた。明歩はブレーキをかけた。「行きましょう」と真希は言ったが、明歩は歩道に車を寄せて停めた。真希が明歩に言われて窓をさげた。千歳は足をとめてふりかえり、車のなかをのぞきこんでふたりに気づいた。

どこへ行くのか訊いてくれと明歩が言って、真希がそのとおりたずねると、夢門病院へ行くんですと千歳は答えた。

「診察なの？」真希が問いかけた。

「いいえ、きょうこの日に、あそこへ行けば父に会えるかもしれないと思って」千歳は明歩のほうを見て言った。千歳は日食のときになにかが起こるのなら、夢門病院で死んだ父と会えるかもと思っているようだ。

「あの病院へ行くのはよしたほうがいい」明歩が真希の肩越しに声をかけた。

「亡くなったお父さんなら、どこへ行っても会えるはずだよ。ぼくらはこれから時遠会長の家へ行くところなんだ。あなたも一緒にいかがですか。あそこはお父さんとはゆかりのある家なんだし。もしかして……」

「わたしなどがご一緒してもよろしいんでしょうか。皆様のおじゃまになりませんか」

「じゃまになんかなるもんか。乗りなさいよ」明歩は後部座席のほうへ目をやって、ドアのロックをはずした。

千歳は真希を見た。真希はどうぞとそっけなく言った。千歳はなおも迷っているようだったが、明歩にせかされて「それじゃお願いします」と言った。

三人が時遠家の応接室へ入っていくと、いつものメンバーが顔をそろえていた。時遠夫人、哲、宮前、古木がいた。

幸絵はいぶかしそうに千歳を見た。明歩は亡くなった皆渡義信さんの娘さんですと紹介した。

「そうだったわね。主人が最後に会ったかたの娘さんだもの。どうぞ、どうぞ」と幸絵は快く迎えいれた。

「千歳さんは、この日食のときにお父さんと会えるかもしれないと思って、夢門病院へ行こうとしてたんですが、あそこは危ない、近よらないほうがいいと言ってここへお連れしたわけなんです」

「そのとおりよ。……お父さんに会いたい気持ちはよくわかります。わたしだって主人に会えるものなら会ってみたい」

明歩と真希は並んでソファに腰をおろした。明歩は千歳へ向かってソファを手で示した。失礼しますと言って、千歳は明歩の隣に座った。

宮前吾郎はこわばった表情を浮かべ、前方を見つめたまま明歩と真希のほうへは見向きもしなかった。

「皆さん、そろったようね」一同を見わたした幸絵は、居ずまいを正して話しはじめた。「きょうこの日に皆さんに集まっていただいたのは、〈宙の会〉の今後について相談したいからです。わたしにとってもっとも気がかりなことです。主人が亡くなったのを機に、〈宙の会〉をきれいさっぱり解散してしまうのがいいのか、それともなんらかのかたちで今後とも継続していくのがいいのか、そのことで頭を痛めています。わたしにとってはせっかくここまでつづけてきた会を解散させてしまうのはとても残念なことです。だからって会をつづけていくのは大変なことだし、そのことを思うと……できることならどなたかふさわしいかたがリーダーになって、主人の遺志を継いでいってくださるとありがたいんですけど」幸絵はまた一同を見わたした。一同は黙っていた。

「会長のお兄さんの哲さんがリーダーになってつづけていくこと、これがいちばんだとわたしは思います」宮前が哲のほうを見ながら言った。

「いや、わたしゃダメです。歳《とし》なんだから」哲があわてて言った。「そういうキミこそどうかね。キミはまだ若い。〈宙の会〉創立以来のメンバーなんだし、これまで弟をいろいろ支えてきてくれた。キミがリーダーになってこの会をひっぱっていってくれたまえ。わたしからお願いするよ」

「そうですね、それがいいとわたしも思います」と古木がすぐ賛同した。

宮前はなにも言わず、それとなく明歩と真希のほうをうかがっているようだった。真希は気分でも悪いのか、うつむいて黙りこんでいる。

「わたしにも言わせていただいてよろしいでしょうか」千歳が幸絵へ向かって遠慮がちに言った。

「いいですよ。なんでしょう？」幸恵は気さくに応じた。

「わたしは思うんですけど、東野さんはすばらしいUFOを目撃なさったそうですが、東野さんが〈宙の会〉の中心になってその体験談を語っていくようになさったらいかがでしょう。それに東野さんはわたしの父や時遠会長さんのことで、危険を冒しながらいろいろ駆けずりまわってくださったそうですから」千歳はためらいがちながら、しっかりとした口調で話した。

明歩は驚いた。千歳がこんな大胆なことを言うとは思ってもいなかった。宮前はふんというように顔をそむけ、古木は明歩をにらみつけるようにした。真希は無言だった。

明歩はどう言おうかと言葉をさがした。「ぼくには無理ですよ」とりあえずそれだけ言っておいた。

「宮前さんだってそうですよ」古木が思いきったように言う。「宮前さんは会長の行方を追ってあちこち捜しまわったし、やつらに電話でおびきよせられて刃物で切りつけられるという危険なめにもあったんですから」

今度こそ真希は黙ってはいないだろうと明歩は思った。真希はもそもそと身体《からだ》を動かした。しかしなにも言わない。うつむいて考えこんでいるのか、それともなにかに耐えているといった様子だった。

そのとき、明歩は異常を感じた。頭のなかをきりきりと鋭い刃先でひっかきまわされるような痛みが走った。身体がふわりと浮きあがるように感じ、意識がぼんやりした。頭の痛みは去り、その代わりにがんがんとした音が鳴りひびいてくる。そのなかから声が聞こえてくるような気がする。はっとした。夢門病院の泊龍成を訪れた帰途、弥栄の丘で自殺を強要したあの神の声を聞いたときとよく似ていた。これは電磁波による攻撃なのだろうか。もしかして真希もこの電磁波によるなんらかの攻撃をうけているのかもしれない。

幸絵は千歳に向かってやんわりと言った。「そりゃ東野さんは立派な人だし、すばらしいUFOも目撃なさったけど……〈宙の会〉をひっぱっていく人は、ずっとこの町に住んで、この会のことをよく知ってるかたでなけりゃねぇ」

「そのことで言えば、奥さんか哲さんが会長の遺志を継いでリーダーになるのがベストだとぼくは思いますが」と明歩は言った。電磁波による攻撃はなんとか耐えしのぶことができた。

「わたしゃだめ」幸絵はきっぱりと言った。「こんなことは男がやらなきゃ……哲さんは先ほど自身がおっしゃったように歳だから」

窓の外は陽がかげってほの暗くなってきた。人の話し声や足音が聞こえてくる。

「もう始まってるんですよ。そろそろ見物に行きますか」古木が窓のほうを見ながら言った。

「あら、そうだったわね」幸絵が驚いたように言う。「すっかり忘れていました。この頃はいろいろ考えることが多くてね、きょうが何月の何日で何曜日かということさえわからなくなることがあるんですよ……それじゃ最後にもうひとつだけ」

幸絵は腰をあげかけた古木を制し、一同を見わたして話をつづける。「この会の名称のことなんだけど、今のままでいいのか、それともリーダーも変わることだし、この際変更したほうがいいのかしら」

幸絵は、一同を見わたしていた視線を宮前に向けてなにか言おうとした。

「ちょっと待ってください」明歩がたまらなくなって、「先ほどの話はもう決まったことなんですか？」と幸絵と哲へ向かってたずねた。

「まだここだけの内輪のことなんだが……今度の弟のお別れ会のときに皆さんの了解をとりつけたいと思っている」哲が宮前を見ながら答えた。

もう決まっているというような言いかただった。宮前がこの会のリーダーになる、こんなことでいいのだろうか。依然として真希はなにも言おうとはしない。このまま黙っているわけにはいかないと思った。道義心が許さなかった。

「宮前さんにおたずねしたいんですが」明歩は宮前のほうへ向きなおって言った。宮前はぎょろりと目を光らせて明歩を見た。

「きょうのこの日に実現されるというやつらの最後の計画は、ハープからの電磁波によるとのことでしたね。その電磁波の攻撃から身を守る方法を、宮前さんは考えているとおっしゃっていましたが、それはもう見つかったんですか？」

宮前はしばらく考えている様子だったが、しゃちほこばったように肩をそびやかせて言った。

「電磁波を防ぐ確固とした手立てはない。地下のシェルターやぶ厚い鉛の部屋に隠れるかすれば別だが、そんなことは一般の人間には無理だ。問題は意識のありかた、心のもちかただろう。ある者は電磁波にうち勝ち、あるものは電磁波の餌食になる。要は各自の人間性がものをいうんだ。なにも考えず欲望のままに生きている、そんな人間が危ない。それから……」宮前は口をつぐんだ。つづけてなにか言おうとしているが、唇がわななくだけで言葉にならない。顔がとげとげしくひきつってくる。目が怪しい光を帯びて虚空をにらみすえている。

このとき、戸外から悲鳴が聞こえてきた。叫び声やあわただしい足音。ただならない気配が伝わってくる。

20

明歩は立ちあがった。

一同は不安そうに窓の外を見た。戸外は暗さをましている。宮前はうつろな目であらぬほうを見すえて突っ立っている。真希はうついむいたままじっとしていた。

逃げろ！　と言う声が間近で聞こえた。

明歩は応接室を飛び出した。千歳がついてくる。

戸外へ出ると、数名の男女が血相をかえて走ってきた。どうしたんですかと明歩は声をかけた。

「危ない、逃げろ！」と叫びながら中年の男が走りすぎていく。「逃げるんだ」とわめきながら若い男がすれちがっていく。

明歩と千歳が広い道路に出て見わたすと、あちこちで人々が走り交い、家から飛び出してきた人たちがなんだ、どうしたと言いあっている。

見あげると、空は晴れわたっていたが、光がおとろえてうす暗くなり、くちばしで噛《か》みとられたように欠けた太陽が中天に浮かんでいた。

「恐いよう」と泣き叫ぶ幼女の手をひっぱった女性が走ってくる。どうしたんですかと明歩は訊いた。その女性はなにか言いかけたが言葉にならず、そのまま走りすぎていった。

「なにがあったのでしょう」明歩の背後で千歳が声をふるわせた。真希の姿はない。

「向こうへ行ってみよう」明歩は千歳をうながして、人々が駆けて来たほうへ走りだした。

色を失った数名の男女が走ってくる。逃げろ、殺されるぞと口々に叫びながら猛烈な勢いで通りすぎていく。

二人がなおも駆けていくと、横合いの道路から飛び出してきた男と出会いがしらにぶつかりそうになった。男は荒い息を吐いている。千歳が金切り声をあげた。明歩は男を見た。慄然《りつぜん》とした。男は頭髪を振り乱し、顔は青ざめてひきつり、大きく見ひらかれた目は凶暴そうに光り、目の下に黒ずんだ隈が弓の形に浮き出て、口は頬までつりあがって炎のようにうごめく舌を出し、喉の奥から動物が吠えるような声をもらしていた。身体《からだ》、手足は確かに人間だったが、首から上は見たこともない怪物のようだった。

「殺してやる！」男はうなるように叫ぶと、明歩に襲いかかってくる。明歩はとっさに飛びすさってかわした。男は千歳へつかみかかっていく。千歳は悲鳴をあげながら横へ飛んだ。その男は他の獲物を求めていっぽうへ走っていった。

また数名の男女が駆けてきた。その後ろから先ほどの男と同じように凄まじい形相をした男が追いかけている。あたりを見まわすと、あちこちに人が倒れていた。子供だったり、老人だったり、女性たちだった。

うおっと言う声が聞こえた。ふりむくと、喉の奥からうなり声を発し、大きくひらいた目を狂気のように光らせながら男が突進してくる。二人はいち早く逃げた。

あちこちで同じ形相をした怪物のような男が現れては人々を襲っていた。その男たちのうなり声、逃げまどう人々の悲鳴、泣き声、怒号、叫喚《きょうかん》がいりまじって怒涛《どとう》のようにおしよせてくる。

ゾンビ！　明歩はそう思った。

ゾンビ――本来の意味は死からよみがえった人間、あるいは生ける死体のことを指しているのだが、一般的にはなんらかのパワーによって人間としての自発的な意思を奪われ、すなわち人間として死んだ状態に陥り、そのパワーによって操られながら、残存した動物的本能にしたがって生きるほかはなくなった人間のことを表しているということだ。

明歩は時遠家へひきかえすことにした。真希はどうしているのだろうと思ったし、夫人や哲のことが気がかりだった。明歩と千歳が時遠家へもどるあいだにもゾンビに出くわしたり、逃げまどう人たちとぶつかりそうになった。

時遠家へ入っていくと、家のなかは森閑としていた。人の気配がない。うす闇に包まれた家のなかに濃密な空気が沈殿していた。真希は？　夫人や哲はどこへ行ったのだろう。

応接室へ向かう廊下を歩いていると、後ろで千歳の叫び声が聞こえた。明歩がふりかえると、千歳が目の前の廊下を見おろしている。そしてふるえる手で指さした。血だった。ローリングした床板に血塊《けっかい》が落ちていた。その血塊は一定の間隔をおいて応接室へとつづいている。明歩はふるえる足を踏みしめ応接室へ近づいて、ひらいたドアからなかをのぞいた。だれもいない。おそるおそる足を踏みいれる。テーブルに置かれていた湯飲みのいくつかがひっくりかえってなかのお茶がこぼれ出ていた。

「奥さん、哲さん」明歩は声をかけてみた。応答はない。しんと時がとまったように静まりかえっているだけだった。つんとした異臭が鼻をついてくる。血痕はドアからソファの背後を通って、応接室の奥のほうへとつづいている。千歳は戸口に立って手で口をおさえていた。

明歩は血痕をたどってソファの背後をまわり、奥へ向かう。心臓が狂ったように躍っている。手足のふるえがとまらない。

ソファの向こうにデスクがあり、その脚のあいだになにかが横たわっている。明歩がのぞきこもうとしたとき、目の前に閃光が走った。千歳が蛍光灯のスイッチを入れたのだ。その明かりに浮かびあがったのは、人間の足だった。紺のスラックスとベージュのパンツ。ひとりではない。二人ともスリッパを脱ぎ捨てていた。

幸絵と哲だった。二人は折り重なるように横たわっていた。幸絵はカーペットにうつ伏し、哲は幸絵の肩あたりに顔をうずめ、両手でかばうように幸絵の背中をおおっている。二人の衣服のあちこちが切り裂かれて血にまみれ、首筋は真っ赤に染まっていた。鋭利な刃物で刺されたようだ。二人はぴくりともしなかった。明歩は全身の力がなえてその場にくずおれそうになった。背後で息をのむ気配がした。ふりむくと、千歳が蒼白《そうはく》になって立っていた。

「救急車を呼びましょうか」千歳がかすれた声で言った。明歩は首を横にふった。

「それじゃ警察を……」

「こんなときだ。警察だって……」

この騒動はこのあたりだけではないはずだ。町じゅうにひろがっているにちがいない。電話やメール、駆け込みの訴えが殺到して、警察は大混乱に陥っていることだろう。日食のときになにかが起こるということは、時遠玄斎や北村秀樹が言い、明歩も予感してきたことだが、まさかこんなことが……。

哲の首筋から血がだらりとカーペットへ流れ落ちた。二人が殺されてからそれほど時間は経っていない。これはゾンビの仕業だろう。ゾンビが外からこの家に押し入って二人を殺害したのだ。そのゾンビはまだこの家にいるかもしれない。真希はどうしたのだろう。宮前、古木は?

明歩は二人の遺体をそのままにして、家のなかを捜してみることにした。二人の遺体のそばを離れようとはしない千歳についてくるように言った。千歳をひとりにしておくのは危険だ。二人を殺したゾンビに襲われるかもしれないのだ。

明歩と千歳はキッチンへ行った。誰もいない。血痕もなかった。流しや調理台、食器棚はいまの惨劇を目《ま》の当たりにしたあとでは奇妙なくらいきれいに整頓されていた。ただ一カ所調理台の抽斗《ひきだし》が引き出されたままだった。その抽斗には小型の包丁や果物ナイフなどは入っていたが、肉切り包丁はなくなっていた。夫人と哲を殺したゾンビはここから肉切り包丁を持ちだしたにちがいない。

ポトンと音がして、明歩はぎょっとした。あたりを見まわしてほっとした。水道管の蛇口から水滴が流し台へ落ちた音だった。

二人は用心しながらダイニングへ入った。ここも人気はなく静まりかえっている。テーブルの上にはなにもなく、椅子もきちんとそろって並んでいる。食器戸棚のうえの花瓶には夫人が活《い》けたらしいカーネーションの切り花が可憐な表情を見せていた。ダイニングの奥はリビング。そこのドアをあけようとしたときだった。

「おまえたち、ここにいたのか。捜してたんだぞ」と言うしわがれた声が聞こえた。明歩がふりかえるとだれもいない。

「だれだ、そこにいるのは」明歩は声を張りあげて呼びかけた。

ダイニングの戸口から人影が現れた。その男を見て、明歩の全身に戦慄が走った。千歳も叫びそうになった声をのんだ。その男の身体《からだ》や服装は宮前だったが、顔つきはまるでちがっていた。頭髪は山嵐のように乱れ、蝋のように青ざめた顔はひきゆがんで、目は暗中の炎のように燃え、大きくひきさかれた口から白い歯をむき出し、喉の奥から動物のようなうなり声を発している――それは先ほど戸外で見てきたゾンビ、ゾンビそのものだった。宮前の後ろから古木が姿を現した。これもゾンビだった。二人とも血染めの肉切り包丁をさげていた。

「なんてことだ」明歩は衝撃から立ちなおってかろうじて言った。「おまえたちが……おまえたちが夫人と哲さんを……」

宮前はなにも言わず、喉の奥からうなり声をあげただけだった。

「どうして殺したんだ。おまえたちはなにをしたのかわかってるのか」

宮前はケ、ケ、ケと奇妙な声をたてて笑った。

明歩はつづけて言った。「どうしておまえはゾンビになってしまったんだ。ハープからの電磁波にやられたのか。電磁波の攻撃は、意識や心のありかたによって防ぐことができるって、おまえは言ったはずだぞ」

「黙れ！」宮前は吠えるように一喝すると、さげていた包丁をふりあげた。刃先から血潮が飛び散った。明歩は身がまえながら、「鳴海さんは……、鳴海真希さんはどこにいる？ まさか……」と声をふるわせた。

「あの女のことが心配なのか」宮前はせせら笑いながら、「殺されて当然だ、あの女は。おれがこの手で……」と言って血染めの包丁を掲げてみせた。

「ちくしょう」明歩は宮前に襲いかかりたい衝動にかられた。

「殺してやる。おまえもな」宮前は庖丁をふりかざして明歩へ躍りかかってくる。明歩はとっさにそばの椅子を両手でひっつかんで、包丁を突きだしてきた宮前の腕をしたたかに打ちつけた。うめき声があがって、よろめく宮前の手から包丁が落ちた。すかさず明歩は椅子を持ちなおし宮前の頭上へ渾身の力をこめてふりおろした。宮前は身をかわしたが、椅子の脚が頭部と肩にあたった。怪鳥の鳴き声のような声をあげて、宮前はその場にうずくまった。それでも宮前の目はまがまがしい光を放って明歩をにらみつけている。明歩はあたりを見まわして宮前が落とした包丁を探したが、どこにも見当たらなかった。

リビングのほうから、逃げる千歳の足音と追いかける古木の叫び声が伝わってくる。明歩は宮前へ向かって椅子をたたきつけると、リビングへ走った。リビングにはだれもいない。

「ここをあけろ、あけるんだ」リビングの向こうの廊下から古木のどなり声が聞こえた。明歩はリビングを横ぎって廊下へ躍りこむ。トイレの前だった。千歳はトイレへ逃げこんだようだ。古木はトイレの引き戸へ向かって、「ここをあけろ」とわめきつづけている。その手で血まみれの包丁をふりあげながら。

明歩は古木の背後へまわって、包丁を持つ古木の腕を力いっぱい蹴りあげた。古木の手から包丁が音をたてて床へ落ちた。古木は明歩を見て一瞬怯んだが、すばやく腕をのばして包丁を拾いあげようとする。その手をまた蹴りあげた。

包丁を拾いあげたのは明歩だった。明歩はその血染めの包丁を古木に突きつけた。古木は奇声を発して後ずさった。そして凶暴そうな目で明歩をにらみつけながらさらに後退し、それから身をひるがえしてダイニングのほうへ走りだした。その足音はダイニングを通り、キッチンをぬけて出て行った。手に持っていた包丁に気づいた明歩は、いまいましそうにそれを廊下の片隅へ放り投げた。

宮前、古木は戸外へ出て行ったらしく、家のなかは静まりかえっている。

「もうだいじょうだ。出てきなさい」明歩はトイレのなかへ声をかけた。そろりと引き戸がひらいて、千歳が出てきた。古木に追われた恐怖が残ってその顔は血の気が失せていた。だが千歳の口をついて出た言葉は、「真希さんは、真希さんはどこ?」だった。もちろん明歩が気になっていたのもそのことだった。

「夫人と哲さんを殺したのはあの二人だ。そして……いや……」明歩はその考えをふり払おうとしたがむだだった。絶望感と悲しみが明歩の胸をたたきつづけていた。

明歩と千歳はまた家のなかを捜しまわった。玄斎会長の講義のときや集会で使う八畳の部屋へ入ったが、そこにもだれもいなかった。二階へもあがってみたが、やはり真希はいない。二人はまた階下へもどった。もしかしたら、真希は夫人や哲と同じようにこの家で殺されたのではなく、あいつらの魔手を逃れて戸外へ出たのだろう。そうだ、そうにちがいない。明歩の胸に希望がめばえた。

「あそこよ」と千歳が言った。指さしている。裏庭だった。庭木、植込みの手入れがゆきとどき、小さな石造りの滝もつくられて手狭《てぜま》ながら風雅な趣《おもむき》を呈していた。その松の木の下に真希が背を向けてぼんやりと立っていた。

「よかった。無事だったんだね」明歩は大きな安堵の吐息をもらした。いちじはやつらに殺されたとばかり思いこんでしまったのだ。

日食はさらに進み、あたりの光は失せて闇が侵入しつつあった。

真希は人形のようにぼうっと突っ立ったままだった。真希はどうしたのだろうと明歩は思った。こんなところでひとり……。

「真希さん」明歩は縁側から声をかけた。「ここにいたのか。心配してたんだぞ」

真希は背を向けて立ったまま返事をせず、ふりむこうともしない。

「知らないのか。大変なことに……」明歩は声をのんだ。

真希がゆっくりとふりむいている。明歩の全身の血が凍った。心臓が破裂しそうだった。きれいにすいていた真希の頭髪は渦をまいたように乱れ、青みをたたえた顔はとげとげしくひきつって、大きく見ひらいた目は闇夜の炬火《きょか》のように凶暴でぶきみな光を放ち、口は頬のあたりまで裂け、そのなかから蛇のように舌がうごめいて、動物に似たうなり声がもれてくる。戸外で見た男たち、先ほど目にした宮前、古木と同じだった。ゾンビ。

明歩は声も出ず立ちすくんだままだった。千歳も言葉を失っている。

その真希が明歩を見た。だが表情は変わらなかった。むしろせせら笑ったように見えた。

真希は明歩のほうへ歩みよってきた。そのとたん、全身に殺気がみなぎって「殺してやる！」とわめきながら縁側へ躍りあがり、明歩へ向かって突進してきた。

「ぼくだ、東野だ」明歩は後退しながら叫んだ。それでも真希は猛烈な勢いで襲いかかってくる。

「わからないのか。ぼくだ、東野だよ」明歩は叫びつづける。真希はなおも迫ってきて、両手を突きだし明歩の喉もとをつかもうとする。明歩はその手をふりはらおうとした。だが真希の力は強烈だった。目前に迫った真希の顔。その恐ろしい形相。目がまがまがしい凶悪な光を放って明歩をにらんでいる。

「殺してやる！　みんな殺してやる！」真希は獣のように吠えたてながら、明歩の喉を両手でつかんだ。そして締めあげてくる。明歩はその両手を引き離そうとするがむだだった。

「頭のなかで声が聞こえる」頬までよじれあがった真希の口からしわがれた声がもれてくる。「頭のなかの声……天の声、神の声……だれもその声に逆らうことはできない……殺してやる！」明歩の喉を締めつける手にさらに力が加わる。

「目をさませ。あなたは真希だ、鳴海真紀さんなんだ」明歩は息苦しくなりながら声をふりしぼった。そのとたん、凄まじかった真希の顔つきが変わった。目は獰猛《どうもう》な光が弱まり、口もともつぼまってうなり声もやんだ。喉もとを締めつける手の力もゆるんだ。

「助けて……お願い……助けてちょうだい」真希は明歩を見つめながら哀れな声で言った。

「助けるよ」明歩は泣きそうになりながら言った。「でも、どうすりゃいいんだ、ぼくにはわからない、どうすりゃ……」

「こうしてやる！」真希はまた野獣のように吠え、顔つきももとの凄まじい形相になった。喉もとを締めつける両手の力も一段と強まった。明歩の呼吸はつまった。苦痛が襲い、意識がかすんでくる。苦しまぎれに最後の必死の力をふりしぼって、真希の両手首をつかんで喉もとからもぎはなした。荒い呼吸をして空気を吸いこんだ。ようやく生きた心地がしてくる。目の前に真希が突っ立っている。いつのまにか真希の頬に平手打ちをくらわせていた。

「真希、目をさますんだ」明歩は叫んだ。その声を聞いたのだろうか。真希はうなり声をもらしながら、明歩をにらみつけている。ふいに目をそらした。そして千歳を見た。

「おまえも殺してやる！」と叫ぶと、千歳へ向かって野獣のように躍りかかっていく。千歳は悲鳴をあげてさっと身をかわした。真希はその勢いのまま部屋を横ぎり、廊下へ飛びだしていった。

明歩は真希を追うこともできず、憮然《ぶぜん》としてその場に立ちつくしていた。頭のなかで声が聞こえる、天の声、神の声だと真希は言い、その声に逆らうことはできないのだと言っていた。明歩が頭のなかで聞こえた声によって自殺衝動を強要されたときと同じだ。電磁波の攻撃によるものだ。この攻撃は明歩がうけたときの比ではない。日食だ。太陽からのエネルギーが消失するこのとき、太陽に代わって月が反射板となって、ハープからの電磁波が増幅され、パワーアップされたのだ。この強力な電磁波の照射によって頭のなかで声が生まれ、当人の意思を奪い、殺人鬼とさせ、容貌さえも変えさせた。まさにやつらの意のままに操られるゾンビの誕生だ。やつらがこの町で実験を重ね、この日に最後の計画として進めていたのはこれだったのだ。

しかし、まさか真希までがゾンビになってしまうとは……。

そういえば時遠家の応接室にいたときから真希の様子が変だった。あのころから電磁波の攻撃をうけていたのだろう。明歩もあのとき電磁波の照射をうけたような兆候があったが、かろうじてその攻撃から逃れることができたのだ。同じ電磁波にさらされながら、どうして宮前や古木、真希のようにゾンビになる者と、明歩や千歳のようにそうならない人間に分かれるのだろうか。宮前が言ったように意識や心のありかたによるものだろうか。だがそれを言った本人があのざまではないか。

「だいじょうぶですか?」千歳がやさしく声をかけてきた。気づくと、明歩は頭を抱えてうずくまっていた。家のなかはしんとしている。真希もこの家を出ていったようだ。どこへ行ったのだろう。

「一時的なものですよ、鳴海さんは。そのうちきっともとの真希さんにもどりますから」千歳が明歩を励ましてくれている。

「そうだな、きっと……」明歩はつとめて明るく言った。助けて、助けてちょうだいと言っていた真希の声がよみがえってくる。あのとき、本来の自分をとりもどした真希だったが、ほんの一瞬だった、すぐまたゾンビになってしまった。ゾンビからもとの人間にもどることは容易なことではないのかもしれない。これからどうすればいいのだろう。真希のことだけではない。この町はどうなってしまうのだろう。やつらのもくろみどおり、どんどんゾンビがふえていって……自分にはなにもできない、どうすることもできない……無力感と絶望感のとりこになっていた。

「東野くん」戸外から呼ぶ声が聞こえた。聞きおぼえのある声。玄関へ行ってみると、弥富繁があわただしく駆けこんできた。

「首藤先生がキミを呼んでるんだ。すぐ来てくれ」弥富は性急に言った。首藤先生――中学時代の恩師だが、最近は年賀状の交換だけになっていた。

「首藤先生が……こんなときになんだ?」

「こんなときだからこそキミの助けがいるんだ。さあ、早く、一刻を争うんだ」

弥富の表情は真剣そのもので、よほどの切迫した事情があるのだろう。だが行くわけにはいかないと明歩は思った。

千歳が出てきた。その目に涙が浮かんでいる。弥富の話が聞こえたのだろう。

「ぼくは行けない。この家を守らなきゃならないんだ」明歩はきっぱりと言った。

「キミが守らなきゃならないのはこの町だ。とても重要なことなんだ。早く、時間がない」弥富はいらだちながらせきたてた。

「このご婦人を連れてってていいのなら」

「いや、だめだ。おまえひとりだけだ。早く」

明歩はなおもためらった。千歳のことが心配だった。

「わたしのことならだいじょうぶです」千歳はけなげに言った。「これでも学生時代は陸上部の選手だったんです。ゾンビなんて怖くありません」

そういえば先ほどからの千歳の動きは俊敏だった。

「あなたは行かなければなりません。この町、この国のために……あなたは行かなきゃならないんです」千歳はおごそかな口調で言った。そしてまた涙ぐんだ。

千歳は超能力をもっていた父義信の血を受けついでいるのだろうか。その五感を超えた能力によってなにかを感じとっているのかもしれない。

「わかった」明歩は決意して言った。

けっして戸外へ出てはならない、だれもこの家に入れてはいけない、戸締まりをしっかりしておくようにと千歳に告げると、明歩は弥富とともに玄関を出た。

あたりはさらに暗さをましていた。

二人が弥富の車へ近づいていったとき、ゾンビの若い男が弥富へ襲いかかってきた。弥富はその男を突き飛ばした。明歩のほうへも中年のゾンビ男が躍りかかってくる。明歩は身をかわしてその男を押し倒し、弥富の車へ乗りこんだ。車はすぐスタートした。

あちこちでゾンビたちが獲物を追ってうろついていた。暗がりのなかで、凶暴に光るゾンビたちの目が鬼火のように漂っている。ゾンビのなかには真希のような女性もまじっていた。老人もいる。逃げまどう人はほとんどいない。家のなかへ入り、鍵をかけて隠れているのだろう。至るところでゾンビの犠牲者が倒れていた。弥富の車は猛スピードで走っている。

「どこへ行くんだ？」明歩が訊いた。

「すぐそこだ。時間がない」

弥富はアクセルを踏み、車はさらにスピードをます。はねられそうになったゾンビがうなり声をあげて飛びのいた。

「吉川さんはだいじょうぶだろうか」明歩は吉川トミのことが気にかかっていた。

「死んだよ」弥富はあっさりと言った。

「死んだって？」

「おれが殺してやったさ」

明歩は愕然とした。ハンドルを握りながら、弥富がちらりと明歩のほうへ顔を向けた。いつのまにか弥富もゾンビになっていた。

「頭のなかで声が聞こえたもんでな、それで殺してやった」弥富の声は獣じみてしわがれていた。

「おまえは、殺してはならないってことだ」

「どこへ連れて行くつもりだ、このぼくを。首藤先生が呼んでるって言ったのはうそなんだろ」

「お察しのとおりだ」

「どこだ、どこへ向かってるんだ」明歩はどなり声をあげた。

「阿波《あわ》の原へ連れて来いってさ」

阿波の原――どこかで聞いたことがある……確か……

「おろしてくれ。ぼくをこの車からおろしてくれ！」明歩は叫んだ。

弥富は返事をせず、アクセルを踏みつづけている。車は閑静な住宅地をぬけて、疎林のあいだの道を走っていく。ここまで来るとゾンビはいない。車を停めろ、ぼくをおろしてくれと明歩は叫びつづけていた。弥富はすぐそこだと言っただけだ。車は疾走している。やがてこんもりとした森へ入り、少し走ったところで車は停まった。

「おろしてやるよ」弥富は言った。

明歩は前方を見た。木立のあいだから、だだっ広い草原が見えている。

弥富がさらに言った。「そうだ。ここが阿波の原だ」

明歩は車を出た。あたりに人気はなく、今まで見てきた町の騒動がうそのように静寂に包まれている。こんなところにだれがどんな目的でぼくを呼びだしたのだろうと明歩は思った。ふりかえると、いつのまにか弥富の車は走り去っていた。

明歩は草原へ足を踏みいれて歩を進めた。梢《こずえ》のあいだから鎌のようにとがった太陽が暗い空に浮かんでいる。木立にかこまれた草原にはなにもなく、ところどころで露出した岩が影のように立っているだけだった。奥まった山中の、忘れ去られた古池のようにも見えた。

明歩の頭に閃光が走った。

阿波の原は古事記に出てくる阿波岐原《あわぎばら》とよく似ている。イザナギの禊《みそぎ》によってアマテラスが誕生したところだ。最後の儀式殺人は、日食のとき処刑された卑弥呼すなわちアマテラスゆかりの場所でおこなわれると、時遠玄斎は言っていた。さらに玄斎は、イエスが弟子のうらぎりにより処刑されたように、信頼する人間にうらぎられたときは悟れとも話していた。すなわち最後の儀式殺人の犠牲者に選ばれたことを……。

明歩は見た。

周囲の樹間から赤いものがちらりと浮かび、すぐ消えた。やがてまた赤いものは現れた。今度はもっと大きくはっきりと見えた。それは火——木立の闇をぬってこちらへ向かって近づいてくる炎だった。燃えさかる松明《たいまつ》、それを捧げ持つ腕が浮かびあがる。やがて木立をぬけて人影が現れた。気がつくと、もういっぽうにも燃えたつ松明を持った男が森のなかから姿を現した。

見かえると、明歩の後方にも同じく燃える松明を持った男が立ち、もういっぽうにも燃えさかる松明を掲げた男が樹間から現れたところだった。明歩は炎をあげる松明を持った四人の男にかこまれていた。

古代の四大元素にもとづく儀式殺人。空気、土、水はすでに終わり、最後の儀式殺人は火によっておこなわれる、と時遠玄斎は言っていた。この最後の儀式殺人にシリウス星人が介入してくることをほのめかしながら、玄斎はシリウス星人がイエスの処刑を通じて地球救済計画をなしとげようとしたことを話し、明歩が目撃したＵＦＯをとりあげて、明歩にもイエスと同じような使命が与えられているのかもしれないと語っていた。

太陽は黒く塗りつぶされ、あたりは夜のヴェールに包まれた。

皆既日食。

時は停止したように暗黒と静寂が支配した。動物の遠吠えや鳥のぶきみな鳴き声、羽ばたく音が古代からのもののように伝わってくる。

暗い空に光るものが浮かびあがった。その光るものは怪鳥の翼のように大きくひろがりながら地上近くまで降りてきた。そしてそれは渦をまきながらしだいにかたちづくられ、はっきりとした輪郭を現した。人影だった。黒い頭髪を肩まで垂らし、白い長衣をまとって両手を大きくひろげている。この世の終末に再臨するといわれるイエス・キリスト。

「イエスよ、救いたまえ」と叫びながらあちこちから男女が駆けつけてくる。その男女に向かってゾンビたちが襲いかかっていく。救済を求める声と、ゾンビたちの吠える声が交錯してあたりを揺るがした。

もういっぽうの暗い空間にもイエスと同じような光り輝く人影が浮かびあがっていた。末世に来臨するといわれる弥勒菩薩《みろくぼさつ》。弥勒菩薩は片手をあげて慈愛あふれる表情で地上を見おろしている。四方八方から救いを求める人々が集まってくる。そこへゾンビがなだれこんできて躍りかかっていく。救いを求める声、ゾンビたちのうなり声、悲鳴、叫喚がいりまじってあたりは修羅場と化した。

松明を捧げ持った四人の男が明歩のまわりに近づいてきた。松明の明かりに照らされて顔がわかるようになった。最初に現れたのは夢門病院の室岡。もういっぽうの男は、弥栄の丘で会い、大都宇宙科学研究所の北村秀樹と会った帰途、銃撃してきた羽追。三人目の男は羽追の運転手を務めていた男。そして最後に現れたのが白いローブをまとった泊龍成だった。

「また会ったな」泊龍成はにやりと笑って言った。「おまえと会うのもこれが最後だぞ」

泊は燃えさかる松明を掲げながらさらに近づいてきた。

「言ったはずだ。おまえはわれらとともに必ず使命を果たすときが来るとな。その時が今なのだ」

「目をさませ、泊龍成。あなたはやつらに利用されてるんだぞ」明歩は静かな口調で言った。

「この期《ご》に及んでまだそんなことを言ってるのか」泊は嘲笑した。「もはやおまえと言い争うつもりはない。時が来たのだ。覚悟しろ」

泊の顔が引きつった。風にあおられたように髪の毛が逆立ち、目は怪しい光を放って大きく見ひらかれ、口は頬のあたりまでよじれあがって歯をむき出し、喉の奥から獣《けもの》のようなうなり声がもれてくる。ゾンビだった。室岡、羽追、運転手もゾンビになっていた。

明歩へ向かって、ゾンビたちが捧げ持つ四本の松明の炎が迫ってくる。

明歩は動かなかった。その場に突っ立ったままだった。いかなる意思や思考、感情も停止していた。時遠玄斎が明歩に伝えた言葉と、最近の出来事が頭のなかで浮かびあがり、からみあい、まじりあって共鳴し、明歩はそのものと化していた。

四本の松明の火が目の前に肉迫した。もはや明歩にはなにも見えず、なにも聞こえなかった。古代から現代、地中から広大な宇宙、深層意識から顕在意識、大なるものから小なるもの、あらゆるものの秘めやかで輝ける営みを、瞬時に見た。そして最後に浮かびあがったのは、いつか明歩が見たあの輝けるＵＦＯだった。

四本の松明の炎が頭上へ降りかかってきたのも気づかなかった……。

前方でなにかが見えた。

ぼんやりしていたものがはっきりと現れた。

トカゲ、鳥ともつかない生物と人魚が戦っていた。形勢は明らかだった。トカゲ、鳥のような生物が、鋭いくちばしで人魚にかみつこうとしたとき、人魚の尾が大きくうねって襲いかかった。トカゲ、鳥ともつかない生物は凄まじいうめき声をあげてのけぞり、そのまま奈落へ墜落していった。同時に人魚も消えた。

稲妻がひらめき、雷鳴がとどろいてその轟音が破裂した。雨が降りそそいで風が荒れ狂う。建物が崩壊し、木々がなぎ倒されて、あちこちから炎があがった。

大都宇宙科学研究所が炎上している。奥庭に設けられたハープのアンテナ群が火炎に包まれていた。

空中に浮かぶイエス・キリストの姿が大きく旋回している。その顔に亀裂が入り、衣服は破れ、やがて顔も衣服もずたずたに切りさかれて四散していった。あたりから絶望的な悲鳴があがった。

弥勒菩薩も同じくぼろのように破れ散って虚空にのみこまれてしまった。あとに人々の嘆く声だけが残った。このイエス、弥勒菩薩はハープの電磁波が空中に描きだしたホログラフだった。

阿波の原では五名の男が倒れていた。ひとりの男はうつぶせに倒れ、身体《からだ》のあちこちに焼け焦げができ、まだうすす煙があがっている。その男の遺体が自分だと気づいたのはしばらく経ってからだった。

東野明歩は死んだ。もはや明歩ではないわたしがここにいる。どこにいるのかはわからなかったが。

明歩の遺体のまわりに四人の男が死んで横たわっていた。泊龍成、室岡、羽追、羽追の運転手。四人ともゾンビのままだった。彼らに焼け焦げや外傷はなく、どうして死んだのかわからなかった。彼らのそばに捨ておかれた松明がくすぶっている。

真希がいた。ゾンビのままだった。真希はぶるっと身体をふるわせて空を見あげた。満ちはじめた太陽の光線が真希の顔に降りそそいだ。そのとき、乱れていた頭髪が整い、ゆがんでいた顔がもとにもどり、凶暴な目の光が去って、ひきつっていた口がすぼまった。そして目に涙があふれ頬を伝って流れおちた。

真希は、はっとしたようにあたりを見まわし、「東野さんはどこ」と叫びながら走りだした。もはや明歩でないわたしは真希のほうへ手をさしのべた。真希はその手に気づくことなく、「東野さん、明歩さん」と呼びながらうろつきまわっていた。

真希の行くところで、ゾンビの死体とその犠牲者が倒れていた。遺体を見てまわったり、遺体にとりすがって嘆き悲しんだり、真希と同じようにだれかを捜し歩いたり、虚脱したようにたたずんでいる人たちがいた。生きた人間のなかにはゾンビはひとりもいなかった。

真希が立ちどまって足もとを見おろしている。そこに並んで横たわっているのは、宮前と古木だった。二人ともゾンビのまま死んでいた。

東野さん、明歩さんと呼びながら、また真希は駆けだした。

パトカーと救急車がサイレンを鳴らしながら行き交っていた。

一台のパトカーが時遠家の前で停まり、二人の警官が時遠家へ入っていく。警官を迎えたのは皆渡千歳だった。


時間と空間は消失していた。

過去、現在、未来はなく、彼岸、此岸《しがん》もない。いずれもひとつに溶けてつながっている。

今ここにいる自分がすべてだ。わたしはどこにでもいてどこにもいない。

目の前に時遠玄斎が立っていた。夜、とつぜん明歩の部屋に訪れたときの玄斎ではない。顔はいきいきと輝いて慈愛のこもった微笑を浮かべている。よくやったというように、明歩だったわたしに向かってうなずいていた。

玄斎の後ろに皆渡義信、北村秀樹がいた。それから明歩の父や母が現れる。子供のころおもしろい話を聞かせてくれた近所の老人の顔も見える。高校時代の恩師。中学時代に明歩をいじめた男。ことあるごとにいがみあった職場の上司も現れた……もはや憎しみはなかった。あるのは喜びと安らぎだけだった。

永遠の生命と愛、これがすべてだった。

太陽が本来の輝きをとりもどしてあらゆるものを照らしていた。

あとがき

本作はフィクションである。

といっても、主人公東野明歩が目撃したＵＦＯはフィクションではない。著者である私の実体験に基づいている。

東野明歩を訪れた稀有《けう》で劇的なＵＦＯは、私が見たＵＦＯそのものを、いっさいの虚構や誇張を排してありのままに描いたものなのだ。

私のこのＵＦＯ遭遇体験と、現在流布しているいわゆる都市伝説、宇宙考古学や宇宙聖書学、ニューエイジにかんする古今東西の文献や資料が融合して生まれたのが本作である。

このＵＦＯを見たのは三十年以上も前のことで、それ以来世界じゅうのＵＦＯ目撃例を調べてきたが、私が見たようなＵＦＯを見たという人は、いまだに現れていない。

またこのＵＦＯがどのような目的で、どこから来たのか、私にとってどういう意味があったのかということをずっと考えつづけてきた。その解答を得るために研究を重ねてきて、ある程度のことはわかってきたつもりでいるのだが、確かな解明には至っていない。

この時期におよんで、本作を発表することにより、この確かな解答を見つけだすことができるか、そうでなくてもその端緒《たんちょ》がひらかれることを願っている。

もしかしたら、私が目撃したようなＵＦＯを目にしたという人がいるかもしれない。その人たちは、私と同じように、その体験を胸の奥に秘めてあまり他人には語りたがらないはずだ。

その人たちと心をつなぎあわせていきたいと思う。

そのようなＵＦＯを見ていなくても、ＵＦＯやエイリアンについて真摯な関心をもち、私のＵＦＯ体験を疑うのではなく、信じてくださる人たちとも心を通じあわせていきたい。

現在、ＵＦＯやエイリアン問題にかんしてさまざまな情報が飛び交っている。

今、われわれにとって大切なことは、この情報の氾濫のなかで、なにがフェイクでなにが真実なのか、それを見きわめる知性と感性をみがきながら、常識や固定観念、現代科学のパラダイムにとらわれるのではなく、現象の奥にひそんでいる永遠不変の真理を見出し、根源的な宇宙意識を獲得していくことだと思う。


私はこれまで歴史小説などいくつかの小説を出版してきたが、それらの作品は本作の道程にすぎなかったといってもよい。本作でこのＵＦＯ体験を公表すること、それが私の創作活動の究極の目標だった。


これまでの作品の原稿は、手書きのあと他人の手を借りてパソコンで仕上げていた。

本作に当たって遅まきながらパソコンを習得し、パソコンによる原稿の仕上げを私自身の手でおこなうことができた。

その過程でいろいろとお世話になった板倉寶さん、また文献や資料を提供してくれ、着想のヒントを与えてくださった板橋美恵子さん、それから前作「卑弥呼の秘密」同様、この作品はわが社から出版するのがふさわしいといち早く手をあげてくださった、たま出版専務の中村利男さん、それぞれに感謝の意を表したい。

平成二十七年五月

安達勝彦

主要参考文献

『宇宙人の魂をもつ人々』 スコット・マンデルカー 徳間書店
『異星人の魂を持つ人々』(雑誌「ムー」二〇一〇年十月号) 南山宏 学研
『聖書の中のUFO』 (「ムー」二〇一〇年三月号) 南山宏 学研
『宇宙からの黙示録』 渡辺大起 徳間書店
『人類を創成した宇宙人』 ゼカリア・シッチン 徳間書店
『人類創成の謎と宇宙の暗号』上・下 ゼカリア・シッチン 徳間書店
『[地球の主] エンキの失われた聖書』 ゼカリア・シッチン 徳間書店
『大いなる秘密』上・下 デーヴィッド・アイク 三交社
『恐怖の世界大陰謀』上・下 デーヴィッド・アイク 三交社
『人類よ起ち上がれ、ムーンマトリックス』覚醒篇全七巻 デーヴィッド・アイク ヒカルランド
『2人だけが知っている世界の秘密』 太田龍、デーヴィッド・アイク 成甲書房
『日本人が知らない人類支配者の正体』 船井幸雄、太田龍 ヒカルランド
『聖書の神は宇宙人である』 太田龍 第一企画出版
『ワンワールド――人類家畜化計画』 ジョン・コールマン 雷韻出版
『気象兵器・地震兵器・HAARP・ケムトレイル』 ジェリー・E・スミス 成甲書房
『電子洗脳 あなたの脳も攻撃されている』 ニック・ベギーチ 成甲書房

「悪魔の世界管理システム　ハープ」　ニック・ベギーチ　学研
「恐怖の地震兵器　ＨＡＡＲＰ」　並木伸一郎　学研
「ＵＦＯ　地球滅亡の危機　人類をマインドコントロールする戦慄の新事実」　並木伸一郎　ＫＫロングセラーズ
「宇宙考古学が明かす神の遺伝子の真実」　並木伸一郎　ＫＫロングセラーズ
「フリーメーソン悪魔の洗脳計画」　鬼塚五十一　廣済堂出版
「エデンの神々」　ウィリアム・ブラムリー　明窓出版
「未来の記憶」　エーリッヒ・フォン・デニケン　角川書店
「神々の大いなる秘密」　エーリッヒ・フォン・デニケン　三交社
「星への帰還」　エーリッヒ・フォン・デニケン　角川書店
「神々のルーツ」　ジョージ・Ｈ・ウイリアムソン　ごま書房
「神々の予言」　ジョージ・Ｈ・ウイリアムソン　ごま書房
「知の起源」　ロバート・テンプル　角川春樹事務所
「シリウスコネクション──人類文明の隠された起源」　マリー・ホープ　徳間書店
「２０１３：シリウス革命」　半田広宣　たま出版
「コスミック・トリガー」　ロバート・Ａ・ウィルソン　八幡書店
「アダムスキーの宇宙哲学」　ジョージ・アダムスキー　たま出版
「神々の秘密」　ピーター・コロージモ　角川春樹事務所
「仮説宇宙文明」　ブリンズリー・トレンチ　大陸書房

「神の進化計画」　マックス・H・フリント、オットー・O・ビンダー　角川春樹事務所
「宇宙と古代人の謎」　A・カザンツェフ　文一総合出版
「宇宙人、UFO大事典」　ジム・マース　徳間書店
「神々の遺伝子㊤」「神々の遺伝子㊦」　アラン・F・アルフォード　講談社
「天文学とUFO」　モーリス・K・ジェサップ　たま出版
「聖書とUFO」　山本佳人　大陸書房
「惑星Xが戻ってくる」　マーシャル・マスターズ　徳間書店
「太陽系に未知の「惑星X」が存在する！」　向井正、パトリック・ソフィア・リカフィカ　講談社
「聖書　新共同訳」　日本聖書教会
「新版　魏志倭人伝」　山尾幸久　講談社
「古事記」　倉野憲司　岩波書店

著者プロフィール

安達　勝彦（あだち　かつひこ）

本名　安達　勝弘

1938年　大阪市生まれ

著書　01年「炎の音」（「果し合い」併載）

02年「あぶら照り」（「流れ星」併載）

03年「冬の雷鳴」

05年「小説　大塩平八郎」耕文社

06年「まぼろしの女」耕文社

11年「卑弥呼の秘密」たま出版

UFOからの黙示録　**稀有で劇的なUFOを目撃した著者が描く現代の神話**

2015年6月12日　初版第1刷発行

著　者　安達　勝彦

発行者　韮澤 潤一郎

発行所　株式会社 たま出版

〒160-0004　東京都新宿区四谷4-28-20

電話　03-5369-3051（代表）

http://tamabook.com

振替　00130-5-94804

組　版　一企画

印刷所　株式会社エーヴィスシステムズ

ISBN978-4-8127-0379-3 C0011